藍小說 ⑨②⑧

村上春樹作品集

日出國的工場

村上春樹◎文　安西水丸◎圖　賴明珠◎譯

日出國的工場

目次

CONTENTS

日出國的工場

前言

村上春樹

當我還是小學生的時候（也就是相當於昭和三〇年代〔譯注：相當於西元一九五五年〕的前半段），社會科的課程中老師帶我們去參觀過幾次工廠。其中我印象最深刻的，是一家製造Lotte橘子口香糖這種高爾夫球一般大的圓形口香糖的工廠，雖然已經是三十年前的事了，不過我現在還記得相當清楚。那橘紅色口香糖球，幾千幾萬個就從機器裡滾出來，經過輸送帶（belt conveyer），一粒一粒包進玻璃紙裡，裝進箱子裡去的光景，從七、八歲的孩子眼裡看來真是奇妙極了，非常fantastic！世上居然有這麼多橘子口香糖，這個事實本身就相當令人驚訝了。

我想大概任何人都曾經有過一兩次這類經驗。我試著問過周圍的幾個人，果然大家都有參觀過各種不同工廠的回憶。有人記得「明治骰子糖」的工廠，有人記得「森永牛奶糖」的工廠。說到糖果廠，大家似乎都留下很鮮明的記憶，聽他們談起來時，甚至覺得這已經可以用「通過儀式」（rites de passage）來表現了。

提到昭和三〇年代的前半段，正是韓戰結束、日本經濟復興的槌音高聲響起的時代，當時在所謂「工場」（譯注：日文的「工場」即中文的「工廠」）這語言中就有一種向前看而且拚命衝的意味在裡頭。雖然不是電影《煉鋼城》，卻有「我們在拚命幹！」這種眞誠的積極進取姿態。當然這現在也還有了，不過我覺得當時那好像有作為國民共識的那種意味，那種姿態。至於公害或噪音，都沒有現在這麼成問題，默默吐著黑煙的煙囪還是經濟復興的強有力象徵。因此我們才會到工廠去，目睹那自動化（眞是有點令人懷念的名詞）生產線，不禁讓你喊出「哇，好厲害！」很純眞地佩服不已。

從此以後——或者說，跟參觀工廠沒什麼關係，只是我個人性向使然也不一定——我心底似乎已經開始有某種被工廠吸引的陰暗部分了。有時候那印象是製造清楚個體（例如象）的具體工廠（象工場），有時候是製造形而上東西的形而上工廠。我常常會非常認眞地去思考這形形色色的工廠。例如製造出性慾（這雖然很難稱得上是形而上東西）的工廠，到底是什麼樣的工廠呢？我想。

所謂性慾工廠，我想大概是由兩個不太機靈，剛剛高中畢業的青年，和一個沉默寡言的中年男人，和一個飽經世故善於照顧人的六十歲左右的廠長，和一個叫惠子的乖巧卻性急的美麗職員（二十五歲．單身．德島縣出身）所經營的。平常的性慾工廠是一個非常優閒的地方。兩個青年互相開著無聊玩笑，中年男人躺在那邊讀著《All讀物》雜誌裡藤澤周平之類作家的文章，廠長正用隨身聽聽著「落語」（譯注：日本傳統單口相聲）廣播節目，一個人咯咯地笑著。機器停擺著，週遭沒有一點聲音。惠子一個人在撥撥算盤，打打電話，用橡皮筋把整理好的傳票紮起來，勤快認眞地工作著。

可是不久惠子小姐生起氣來了。她突然站起來大聲叫：「你們在幹什麼！我一個人一直在工作，你們卻什麼也沒做！你們不覺得羞恥嗎？」被惠子一吼，大家都吃了一驚，廠長甚至差一點就從椅子上滾下來。

「對呀！你們在幹什麼！」廠長也站起來吼道：「被惠子小姐這樣說，你們不羞恥嗎？大家快去工作！」

「做吧。」中年男人也把《All讀物》丟開，猛然站起來。「喂，宮田、中島，快走啊。」

「惠子小姐，我要做啦。」「我會好好幹的，惠子小姐」宮田和中島也都一一開口說。於是機器再度卡噠卡噠猛烈地轉動起來……這是我印象中的性慾工廠，不過因爲這種印象每個人差距很大，所以如果要問是否正確，我也答不上來。只是我有這種胡思亂想的習慣而已。

例如製造小說的工廠是什麼樣的工廠呢？製造哀傷的工廠是什麼樣的工廠（好詩意的繞圈子啊）？製造大型間接稅或存在主義或得過且過主義，或製造青山學院大學校長的是什麼樣的工廠？而在那裡又有什麼樣的人在做著什麼樣的工作呢？我會忍不住這樣想下去，有時還會相當仔細地試著去求證。

在這層意義上，本書所選出來的一連串工廠可以說完全出於好奇心。我依照忽然想到「××東西到底是在什麼樣的工廠裡，被如何製造出來的？」順序採訪的結果，便出現這樣的一排順序。

(1)人體標本工廠

(2)結婚會場（本來想採訪結婚會場的廚房，但到了現場一看時，卻完全被會場本身的工廠性所迷住，於是改變目標）

(3)橡皮擦工廠

(4)酪農工廠（這個在我印象中本來想看牛乳處理工廠的，卻被「經濟動物」牛的生產所吸引。）

（5）Comme des Garçons工廠（譯注：服裝設計師川久保玲的品牌名稱）

（6）CD工廠

（7）愛德蘭絲假髮工廠

這表要說奇怪確實很奇怪，要說不奇怪也一點都不奇怪。其實我還想加：

（8）兵器工廠

（9）有系統的按摩理容院，這兩項的，不過因爲種種原因而打斷念頭。但願以後能試試看。

當然並不是說採訪過這七家工廠之後，腦子裡就會鮮活地浮現經濟大國日本一般工廠的清晰形象。因爲這是憑我個人的興趣所選出來的，所以傾向上相當偏一邊，以規模來說，中小企業、輕工業爲多，重工業、大工廠則不在選擇之列。反過來說甚至覺得好像全都選了那些意圖「浮現日本現在一般工場像」的人大概不會選的工廠（松下工廠例外）。這不妨可以解釋成外行人的變異心態，我自己選了這七家工廠，暗自以爲結果（單單以結果來說）——話雖這麼說卻已經寫出來了，就一點也不暗自以爲——很合理，而感到自負。

我起初想把這本書名叫作《村上朝日工場》或《Man at Work》，不過在採訪和執筆間我覺得自己的「日本」和「日本人」式的概念性存在似乎逐漸加大，因此最後改為《日出國的工場》這題目。關於這點本來想寫的東西很多，不過要開始寫的話實在不是「前言」這個範圍所能了結的，因此在此暫且打住。不過我再多說雖然有點那個，日本人眞的是愛勞動得可愛的人種。很喜歡工作，而且試著在工作本身中努力找出樂趣、哲學、榮耀、安慰。這到底對不對，我當然無從知道，也不知道往後會如何變化下去。不過暫且不管這個，就在我這樣寫著稿子的現在，一想到全日本的工廠裡有無數人正在動著身體，繼續在製造著各種東西時，我心裡好像有一種得到安慰，受到鼓舞的感覺。

隱喻式的人體標本

京都科學標本

當我提到爲了寫書我要到京都去採訪人體模型製造工廠時，好幾個朋友都認眞地表示羨慕。

「嘿，說到人體模型，就是那個……掛在小學自然科教室裡的東西對嗎？頭蓋骨的蓋子還可以卡啦掀開來，紅色肌肉好像在抽筋似的緊緊拉扯牽連著的那個。」

「是啊。」

「心臟紅紅的，肝臟是茶色的……哇，好羨慕。我一聽人家提到什麼小學的，就會反射地想起那個噢。有靜悄悄的陰暗走廊，有理科教室，有放幻燈片時拉起來的黑色厚厚的窗簾，周圍散發著酒精氣味……然後有人體標本。整體上有一點舊舊的，可是那個內臟的顏色卻活生生的很有說服力喲。好懷念哪。運動會或遠足我一點都想不起來，可是眞不可思議，只有那人體標本的小腸皺褶的形狀，我到現在還記得一清二楚噢。」

好了，各位全國數百萬……也許沒那麼多……數十萬人體標本迷們，人體標本工廠即將登場。老實說，我對這個也絕不討厭。當然我並沒有想用衛生紙包著自己喜歡的女孩的十二指腸到處走之類的倒錯興趣，不過也跟前面出現的朋友一樣，少年時代我的心同樣曾被理科教室裡整排的骸骨和可以分解的人體標本和福馬林裡泡的莫名其妙泛白的各種動物所強烈吸引，曾經埋頭仔細凝視過這些玩意兒。這雖然只是我自己的任意想像，不過我想世間幾乎所有的人都有過同樣類似的經驗吧？

爲什麼骸骨和人體標本會如此強烈地吸引孩子們的心呢？

我推測這可能是因爲，孩子們第一次遇到「生與死的隱喩」吧。孩子們站在那些標本前面第一次對「自己」這個存在進行相對化。他知道了自己的皮膚——光澤平滑沒有任何陰影的皮膚之下，卻存在著各色各樣奇形怪狀彎彎曲曲重重疊疊的內臟，在那更下面並存在著像漂白過似的雪白、不祥而可怕的骸骨這個事實。內臟是不確定的生之表象，骨則是死之表象。

當然他並不是當場就清清楚楚認識到這全部的事實。認識應該是在更久以後。不過在那陰暗的自然科教室的一個角落裡，他知道了那模糊系統的樣子了。而且那成爲一個里程碑在他心中烙下了深刻的印記。

這跟著名的古代埃及晚宴的故事很像。埃及人在那盛大晚宴一開始，會讓僕人抬著裝有骨骸的棺材繞行會場，讓人們無可避免地想起死的存在。

「在生的興高采烈中，別忘了想到死。」

不過，不用說，他們並不是爲了喚起人們哲學的省思而製作骸骨標本的，也不是爲了隱喻什麼，而在內臟上施加色彩的。他們只是在製造「以教育爲目的的標本」而已。

這家工廠──公司正式名稱叫作「京都科學標本株式會社」──在從京都車站開車上國道一號線南下二十分鐘左右的地方。這一帶相當空曠，高速公路附近還留有錯落的寬闊空地和田園，因爲離伏見很近所以可以看到古老的釀酒倉。電線桿上貼著好多俗艷的賓館應召女郎廣告海報。走在這種郊外沒什麼人走的路上，看到這樣的海報，忽然會有欲望嗎？雖然是別人的事，不過不禁擔心起來。在各種意義上這裡的風景都不是能夠勾起人們想像力的東西。

「京都科學標本株式會社」的建築物也絕不是能夠挑起走訪這裡的人們想像力的那種建築

物。並不特別舊也不特別新的普普通通即物式三層樓建築物，我想不用說，並不需要因爲是製造人體標本的公司，所以建築物就要蓋得像羅傑・科曼（Roger Corman）風，或安迪・沃荷（譯注：Andy Warhol，二十世紀美國藝術家和電影製片人，一九六〇年代早期流行藝術前衛派運動的領袖。他將自己的工作室稱爲「工廠」）風才行。公司後面附有兩棟工廠。大的一棟是製造佛像、美術工藝仿製品、庭石或實物大瀑布（居然連這個都有！）的工廠，另一棟小的建築物則是製作教育器具部——也就是我們這次採訪對象的人體標本製作部門。美術工藝部是最近發展出來的部門，而且製作的東西也比較明朗，因此氣氛有點像美術大學製作室的感覺，職員並有年輕女孩子。人體標本方面特地讓我們採訪，還說這種話實在有點失禮，不過建築物老舊，工作人員也都是上了年紀的比較多，比較起來，情景絕不算明朗。如果要問「做得還好嗎？」，絕不是會回答你「peace, peace!」的那種活潑多彩的職場。

不過暫且不提工廠，首先我們先造訪設於總公司三樓的展示室，先考察一下這家公司到底在製造什麼樣的產品。然而，東西還眞多。很遺憾無法一一介紹實物，眞是筆墨所無法一一描述的（其實這樣說就表現得太簡單了）各種奇奇怪怪的標本排滿了相當寬大的房間。

一進入這展示室眼睛首先看到的，就是那前述熟悉的骨骼模型和人體解剖模型。這兩者的各種變化型在玻璃櫥裡成行排開。人體解剖模型的最高級品，可以分解成數百個部分零件，全長約一五〇公分，除了臟器之外，肌肉的一片片也都能分解開來，男女有別相當強而有力，詳細和精密的程度就令人看得出神。如果把這上百個部分一一分解開來又在幾分鐘內重組起來，半夜裡一個人玩這種遊戲的話，說不定會上癮。不過，做得這麼精巧的大概只有醫科大學，或這類專門機關用的，普通則只需要用到分成十五到三十個部分、身高一公尺到一公尺二十公分左右的。我們在小學自然科教室所看到的大多是分成十五塊左右的，所以跟這可以分成上百塊部分零件的比起來，眞是騙小孩的玩意兒。兩者的差別就像F十五鷹式戰鬥機和Cessna民間輕型練習機一樣。

這百塊零件的模型沒有皮膚，大多是露出肌肉的，所以可以說是即物式的或實戰性的，相當有魄力的東西。因此即使分成男女用的，從外表並不能立刻看出是男是女，不檢查乳房或生殖器的話還無法判斷。不過乳房這東西如果剝掉一層皮來看是相當可怕的東西。從前The Impressions唱紅過一首流行歌叫做"Beauty is only skin-deep:" 眞是一點也沒錯。掀開一層皮，美女或醜女就完全沒有分別了。

骨骼模型方面也有各種等級，不過標準的是全長一六〇公分，合成樹脂製的。髒了還可以用肥皂洗，因此非常方便。骸骨模型當然有一般純白的，不過其中也有彩色骨骼模型，或因不同的部位分別塗成不同顏色的所謂多彩分色頭骨模型之類的，有點像ＬＳＤ（譯注：一種迷幻藥）般令人精神恍惚。

總之，面對這些東西擁擠地排滿室內時，光看著就相當緊張起來。怎麼想，都不能算是尋常的風景。不過老是這樣茫然發呆也不是辦法，因此我試著向營業課的橫山先生提出問題。

——製作這種標本的，在日本除了貴公司之外沒有別的地方嗎？

橫山：「沒有。有幾個戰前在我們這裡工作，後來辭職在自己家做起所謂家庭工廠的，嗯，不過以公司組織的廠商擁有工廠在經營的就只有我們。

「關於爲什麼從京都開始的這一點，雖然詳細情形我也不清楚，不過例如服飾陳列用的人體模特兒模型（mannequin），也是從京都出來的。行銷通路還是從島津(製作所)出的。京都有所謂七彩人體模特兒和所謂大和傳統模型之類的，跟我們算是兄弟公司。說到手工業，京都在這方面很強。」

京都科學標本的工廠風景
這裡是館本部

為我們導覽解說的營業課橫山先生
外語很強

庭園裡放著失敗作品
非洲象
佛像
土偶

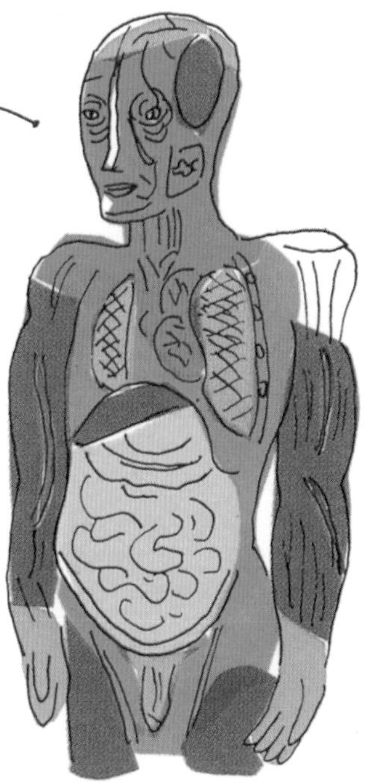
剝掉一層皮的話……
多可怕

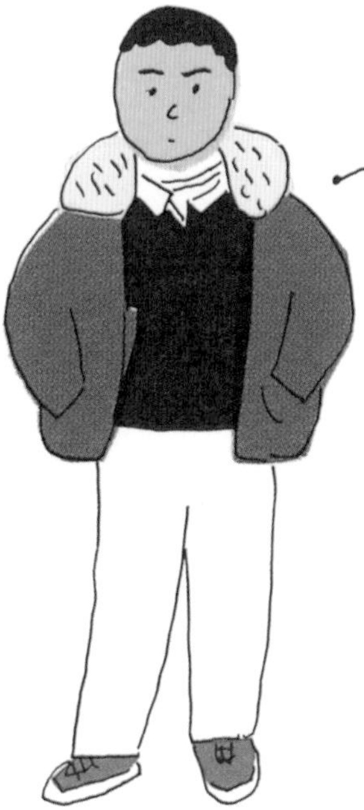
這天村上先生穿著飛行員夾克

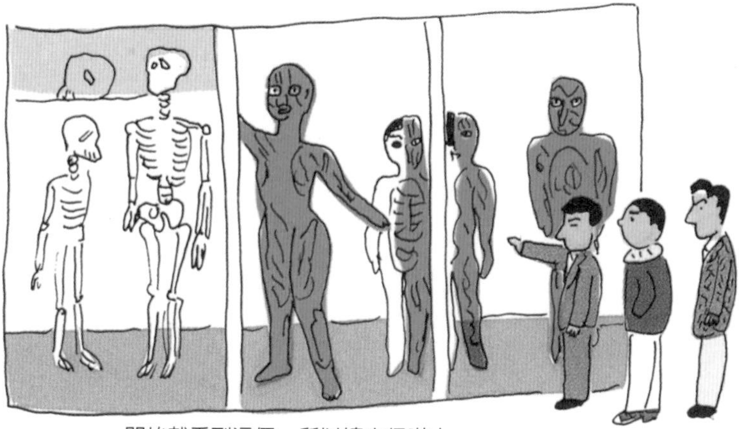

一開始就看到這個，所以總之很嚇人

——這種東西的需求怎麼樣呢？比方說骸骨總不需要經常變換新型的吧。

橫山：「這個確實非常傷腦筋。當然學校教育、醫學教育方面有所謂器材換新購買時期，規定十幾年可以買一次新的，嗯，畢竟還是以學校爲主體，雖然我們也在開發新產品……比方說 **simulator**（模擬訓練裝置）用之類的東西。

「老實說，現在因爲所謂行政改革問題，預算每年都在減少。學校方面，尤其學校跟文部省的關係日益疏遠。而且正如您所知道的新設醫科大學有一陣子熱潮，不過那也已經結束了，另一方面護士學校預算也連帶被波及，每年都會受到影響，最近，要怎麼賣還眞煞費苦心呢。」

——例如製作肝臟的時候之類的，還是要看著實際的肝臟研究吧？

「是啊。是要這樣子。嗯，不過啊，在上色方面會有各種困難的地方。實際上人體的顏色非常強烈。顏色眞的非常濃。另外，還有一個很難的地方是，我們眼睛所看到的終究是屍體。生體和死體顏色還是有不同的。終究，我們是參考屍體上色的，可是那顏色太濃的話——看起來太活生生了，所以我們已經調淡一點了，可是到美國一看他們的顏色更淡，非常明朗的顏色噢。從前，說到從前……嗯，大概十年前吧，那時候內銷品和外銷品上的顏色就有分別。外銷美國的顏色上得輕淡一點。說起來他們比較喜歡華麗的，所以用明朗的顏色。只是這樣一來，因爲幾乎都是手製的，要兼顧人工費用的話，實在不太划算，所以最近就統一化，變成那種正好可以兼顧國內要求和美國要求的中間顏色。哈哈哈。

「嗯，技術人員並沒有說理科系的人比較多這回事。幾乎都是對製造這種東西特別有興趣的人。以原理上來說，跟製作那種食品樣本模型沒有什麼差別。說得詳細一點也就是所謂鑄模的問題或著色的問題，這些地方不同而已。不過以我們的立場來說（食品樣本模型）非常有參考價値。因爲光是著色方面，終究我們現在要如何快速而正確地著色就是一個很大的課題。當然也有人的問題，此外如何機械化也是一個問題。從這些觀點來看，因爲有關食品樣本模型方面已經大量化生產了，所以應該有一些技術資訊，我們正在收集各種資料進行研究。」

——這方面難道沒有個人喜歡私下收藏的嗎？

橫山：「這個嘛……嗯，有時候有，例如有人說我要這個頭蓋骨（笑），有人要這種模型，不過實在很少。

這隻牛的1/2比例解剖模型嗎？這座價格要將近九〇萬圓。人體模型是最便宜的，所以全身一公尺左右的，像這個，嗯，大約不到二十萬。可以分解成十五個部分。這種則是可以分解成一百個部分的，嗯，男的一一〇萬，女的一二〇萬。女的比較貴（笑）。這個嘛……尤其是有關生殖器方面，女的……因爲女性的比較複雜。對，相差十萬圓。」

眞是認輸了。女人這邊光是生殖器的差別就貴了十萬圓啊。不過這麼說起來，也不是沒有道理。

我想順便介紹一下這「京都科學標本」數量龐大的產品群中，幾件特別可以證明技術先進、令我們超級光彩的例子。雖然這些或許跟過著普通生活的一般市民沒什麼關係，不過我想讓大家知道一下世上也有這種產品存在，有使用這種產品的人，有從事這種研究或做實戰練習的人存在，有非常認眞地在製作這種產品的人存在。

(1)附嬰兒頭的婦人骨盤模型

赫然有骨盤，上面有彈簧，彈簧前端附有嬰兒的頭這種相當奇怪的東西。如果要問這到底是做什麼用的？原來可以把嬰兒的頭整個塞進骨盤裡面，也可以從膣裡拿出來的實物大練習用模型。不過骨盤上方嬰兒的頭就浮在空中，實在有點可怕。

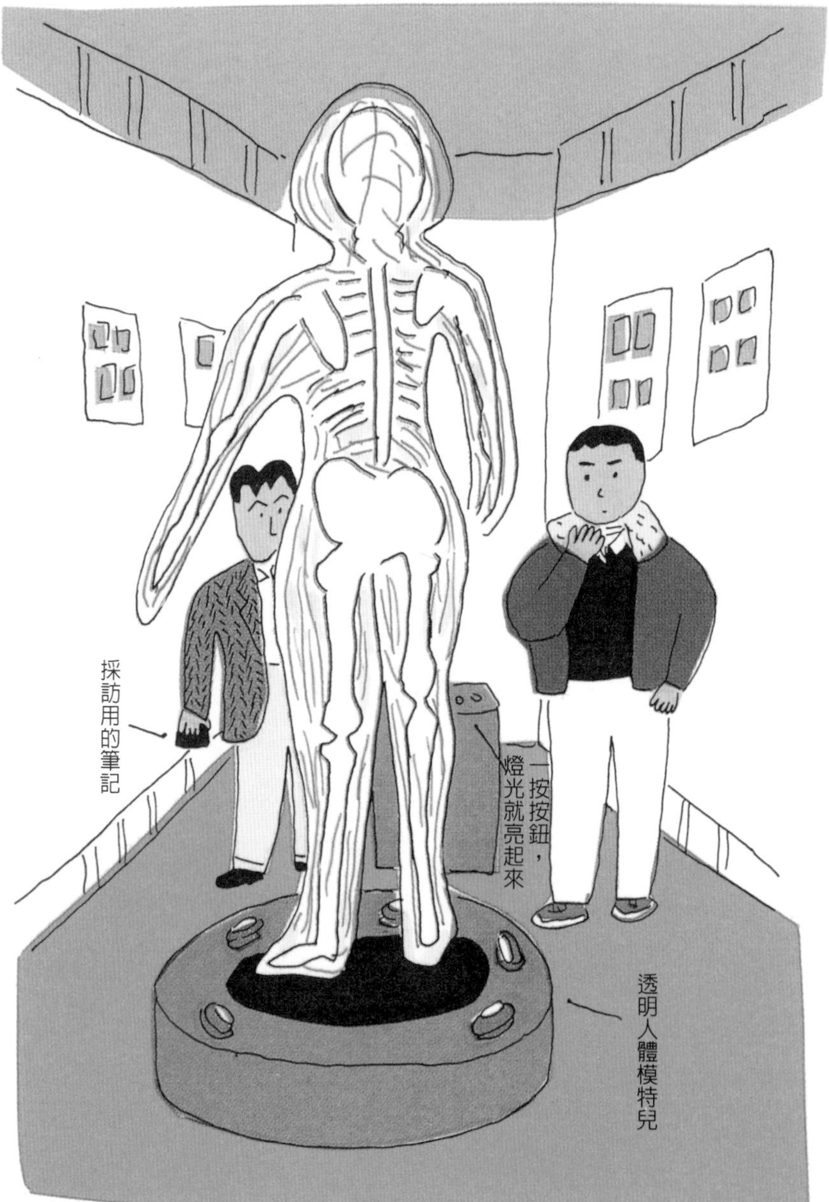
採訪用的筆記
一按按鈕，
燈光就亮起來
透明人體模特兒

(2)附心音的胎兒IC型

推薦產品——這樣說也許有點不妥，不過這家公司的胎兒模型做得相當生動逼眞，會讓你怦然心跳，禁不住嚇一跳。這個大約第三十六週的胎兒裡面藏有發出心音的裝置，因此也可以調整音量和速度。似乎可以用坐墊包起來放在肚子上來嚇一下男人說：「你聽，這是你的孩子噢」，不過請不要這樣做。好可怕。順便一提，價格是十一萬圓。

(3)灌腸施藥模擬模型

有這種東西要說當然也是理所當然的，不過我們外行人第一次看到還是難免覺得那種氣氛眞是「受不了」。有朝向那邊的屁股，有肛門，當然是實物大的。爲了容易插入浣腸劑而將屁股用手嘿一下推起來似的卓越產品，價格是二十五萬圓。相當貴吧。雖然不是那種因爲很便宜所以就買吧的那種東西。

(4)各種關節模型

和灌腸模擬模型不同，這個倒很可愛。人類的關節分爲九種，一橫列排開懸掛著。似乎可以用來作別致的室內裝飾。價格不明。

(5)耳朵結構模型・特大型

哇！眞會做。這個好厲害！居然有高度六十六公分的耳朵，而且還可以分解成九塊，要是達利先生（譯注：Salvador Dali，西班牙畫家，超現實主義大師，將幻覺、夢和潛意識呈現於畫作，震驚世人）的話一定會樂壞了。摘錄一段說明書中對這耳朵的說明如下：

「外耳可以取下來，解剖上垂體部把內耳拿出來，解剖耳蝸、前庭、上半規管，取出膜性迷路的圓窗和卵圓窗，取出聯絡上半規管的東西，顯示和骨性迷路的關係，聽骨和鼓膜也可以拿出來。並詳細呈現神經及血管的分布狀態。」

確實正如說明的那樣可以全部取出來，不過全部湊在一起時有達利風味，分解開來則有談話頭（譯注：Talking Heads合唱團）風味，一直盯著看都看不膩。尤其是那耳蝸眞是好可愛好端整啊！

或許有人要說，不，光是這個耳朵模型還不夠，我要再更仔細深入追究耳朵的祕密，沒問題，爲了這些人眞的還有實物二十倍大（！）的聽小骨模型。看見這鎚骨、砧骨、鐙骨的

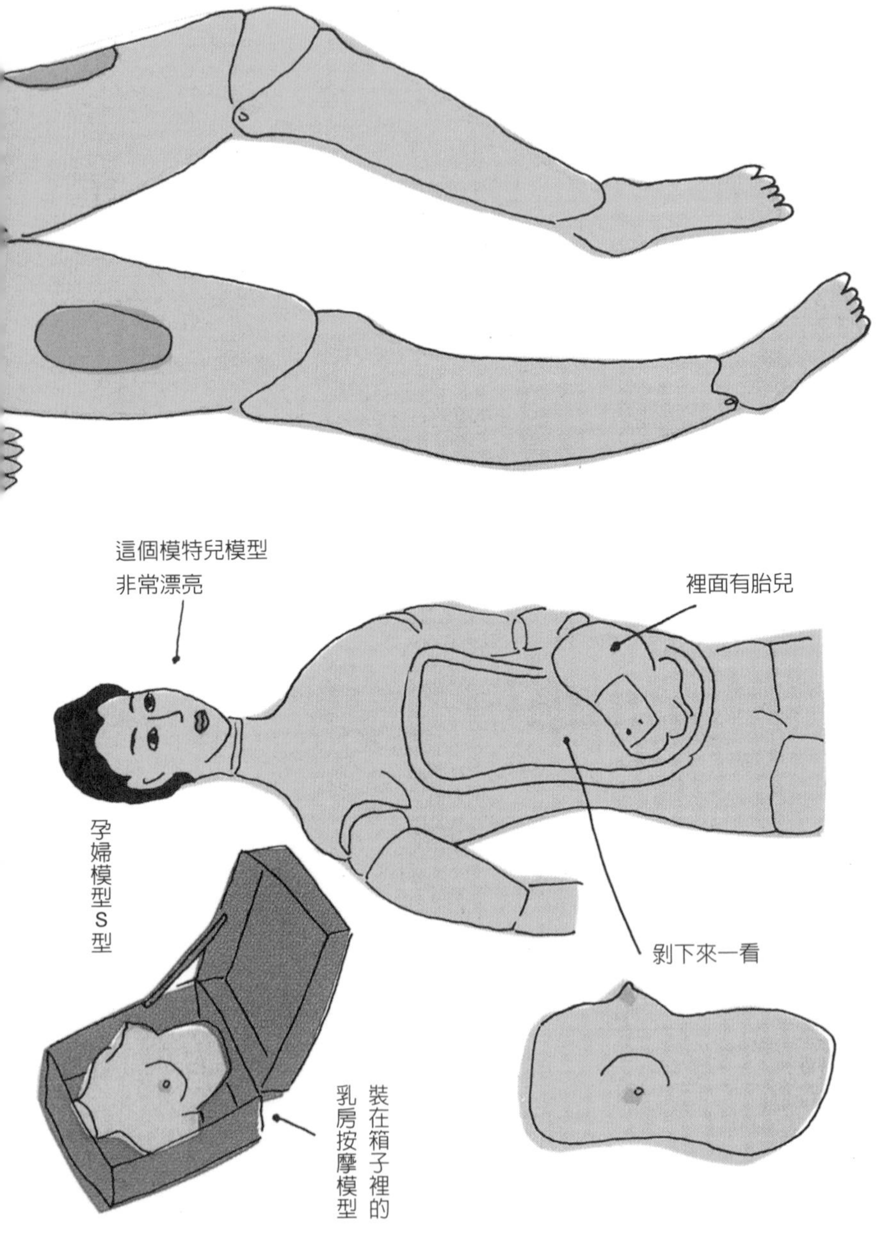
這個模特兒模型
非常漂亮
裡面有胎兒
孕婦模型S型
剝下來一看
裝在箱子裡的
乳房按摩模型

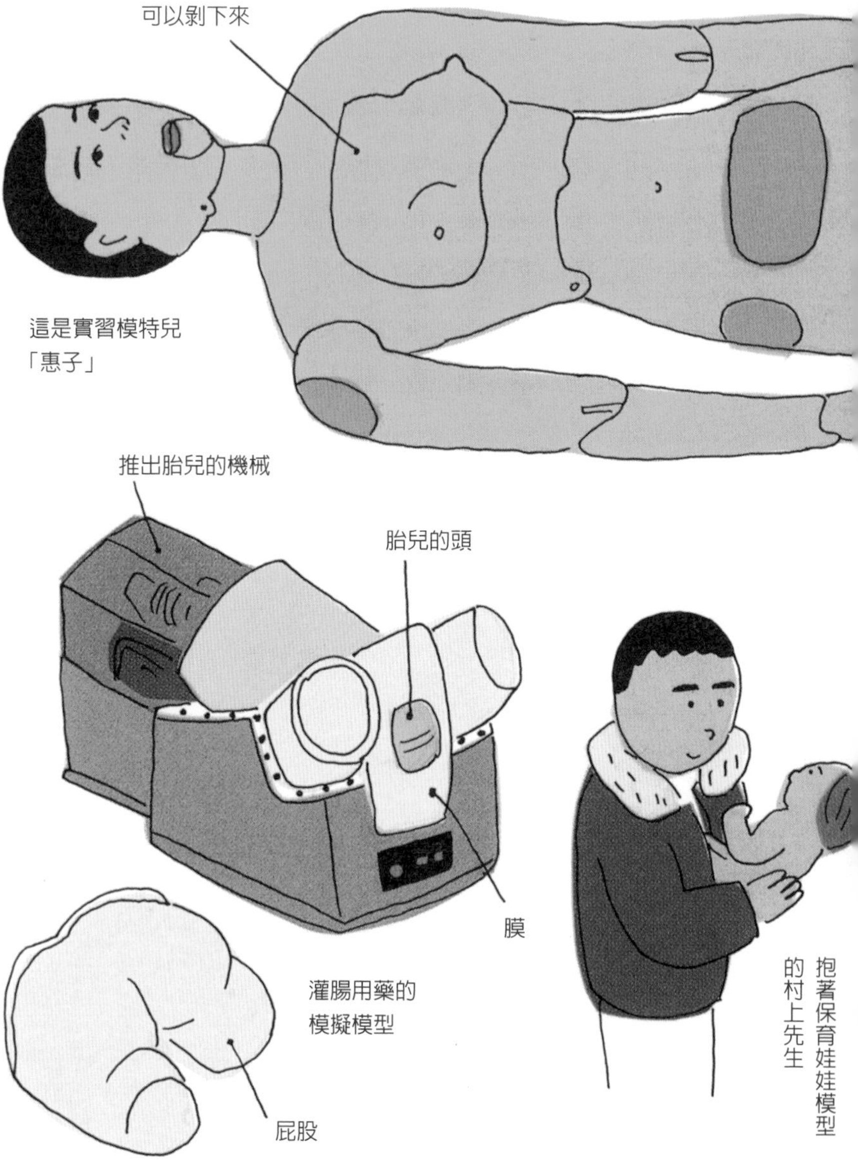
可以剝下來
這是實習模特兒
「惠子」
推出胎兒的機械
胎兒的頭
膜
灌腸用藥的
模擬模型
屁股
抱著保育娃娃模型
的村上先生

絕妙組合，大概沒有人還會不滿意吧。

(6)實習模型「惠子」

只有這個實習用女孩子模型有給她取名字，大概是從「實習」和「練習」抽出來的雙關語發音吧（譯注：惠子和稽古在日文中發音相同，稽古就是練習的意思。）。大大超越黑色幽默範圍的絕妙命名，眞是厲害啊。身高一六〇公分，配合特殊的聚氯乙烯樹脂製，約十三公斤重，實習項目包括(1)注射（皮下・肌肉）(2)洗淨（胃・腸）(3)浣腸(4)導尿（女性）(5)擦拭清潔，價格是三十一萬圓。臉上表情有一點點像某風俗評論家。

如果稍微描述一下臉上表情，老實說越是高價精密的模特兒，臉上表情越眞實，越便宜的則越像二流百貨公司的人體模特兒模型。比「惠子」高一級的中性——也就是陰莖和陰道可以互換的——實習模特兒價格六十八萬圓，雖然相當貴，不過容貌很好，還附有洗髮實習用的女用假髮。

(7)南丁格爾像

或許你會覺得奇怪，為什麼這地方會忽然出現南丁格爾塑像，跟浣腸模擬模型和耳小骨模型排在一起，對護士學校來說，南丁格爾像就如同啤酒屋需要寬大的廁所（對不起）一樣不可或缺。護士的工作真的很辛苦，當她們筋疲力盡覺得一切都很厭煩，抬頭看到這像時，會想到「對了，南丁格爾也曾經這樣努力過」，於是重新打起精神回到工作崗位。加油啊……說到這裡我想起來，大學二年級時曾經跟聖路加醫院的護士女孩子約會，向她借了一千圓沒有還呢，真糟糕。

總之，這間展示室裡真是有各色各樣的產品，要一一寫出來的話實在沒有止境，就像剛才敘述過的那樣，「京都科學標本」的各位先生並不是沒事幹為了好玩而做的。不用說，這些產品每一個都是為了教育用或職業用的。所以像安西水丸兄那樣純粹為了興趣本位而偷捏一下「乳房按摩模型」（十一萬圓）的乳頭看看，嚴格說是不行的。我也非常想試捏一下看看，不過還是忍住了。實習模特兒「惠子」也一樣，護士學校的女孩子每天都用這個拚命努力作看護練習，因此不可以取笑說「啊哈，這個，很像××嘛」。

不過就算腦子裡明白這道理，可是眞的一一走在這些模型前面時，光看著就覺得實在太有趣、精細而美麗，或造假得誇張而驚人。大概因爲不勉強別人接受反而新鮮而有說服力吧。價格有點貴，不是我們一般小市民能夠輕鬆買得起的，不過以相反的觀點來看，這種特殊東西如果一般市民也能輕鬆地隨便買得起的話，社會也許會變得很可怕。

——這樣看起來，模特兒的臉也有很多變化啊。

橫山：「嗯，例如，這個南丁格爾像（前述）的臉也有很多爭議。以前就有相片，所以依照相片做出來人家說臉很可怕，護士學校的老師全都掉頭不看，哈哈哈。所以我們就把臉做成非常溫柔的樣子。肖像畫好像是以前畫的，臉非常可怕。大家都掉頭不看。眞難。護士學校的老師也有人說，人體模型的眼神兇了一點。

「就是啊，臉是很費工夫的。新產品出來時，一定有什麼地方會被人抱怨，必須重新修改。結果，受歡迎的臉，說起來首先還是要溫柔可愛。所以類型已經固定了，比方說某個臉受歡迎的話，那麼下次就會做類似的，有這種情形。

「我們拿成品到護士學校去問老師『這個怎麼樣？』時就會受老師判斷的影響。所以，就算A老師說好，可是到了別的學校去時卻被說『怎麼搞的，能不能更怎麼樣一點』之類的，常常有這種事。站在我們的立場，這也沒辦法。雖然會想這對教育有什麼關係？不過實際上卻很難……」

橫山先生雖然這麼說，不過我想臉還是很重要。不管盲腸或肛門做得多好，如果臉做得馬虎的話，護理學校的女孩子還是不太能把感情放進去，也湧不出學習熱情。雖然沒有必要做得像西武百貨公司的模特兒人體模型那樣，好像某個地方的歐巴桑走錯地方來到賣場般逼眞的程度。

到這裡，差不多可以轉到實際製造這些產品的工廠了。

一走進工廠入口，首先就是樹脂成型的工程。這個部門沒有任何特殊的東西。在樹脂的階段先上底色（比方製造人體則上皮膚色等），把這放進模具，在烤爐加熱。也就是說製造肝臟則把樹脂注入肝臟型的鑄模，像鯛魚燒一樣烤成型。這方面有各種鑄模，從胎兒頭啦骨盤啦排成一排排的，要說異樣眞的很異樣，但工程本身就跟製造洗臉盆沒有兩樣，技術上沒有任何值得特別加以著墨的。兩個穿著作業服的歐吉桑默默地烤著肝臟的鯛魚燒。如果每天每天製造著肝臟啦心臟啦膀胱的話，大概會變成怎麼看那些東西都已經沒有任何感覺了吧。

走過那裡咚咚地上幾段階梯後，就是這家工廠的所謂心臟地帶，或賣點，或最值得展現的地方了，總之就是彩色部。在下面的工廠成型的東西被運到這裡來，經由師傅們的手一一著上色彩。像學校的職員室一樣的地方排列著作業桌，師傅們排排坐著正用筆在一個個臟器上塗顏色。在這裡工作，也是默默在進行的感覺。既沒有BGM（背景音樂），也沒有聊天的聲音。

鐵架上有尚未著色的手啦腳啦胴體等突兀地伸出來，印著「青森蘋果」或「淡路白菜」的紙箱裡，則裝滿了頭蓋骨啦心臟之類的，非常有耐心地靜靜等待著被著色。正在著色的歐吉桑們並沒有特別著急的樣子（這腸子皺褶的陰影很淡一定要用這個顏色才行，於是換一支筆輕輕描畫一下……）這樣子，有點傳統工藝式慢吞吞的優閒自在感。不過仔細看看，我深深覺得這眞是辛苦的工作。因爲非常費工夫，工程也精細。顏色又複雜，用起心來似乎沒完沒了。這種工作根本就不可能以機器解決一切。

橫山：「是啊。如果光是平面的東西可以啪一下塗上顏色的話，就可以用機器來做。可是，顏色區分細微，爲了表現質感需要用獨特的色彩——我們稱這個爲推敲——這樣一來，機器就沒辦法了。只能靠熟練的人用手來完成，以目前來說。」

就這樣，這個作業場所看不到臨時打工的人或按時計酬的太太，只有熟練的歐吉桑、歐巴桑長期固定確實地在做。根據橫山先生的說法，雖然看起來好像很優閒地在做，其實大家都像在跟時間競爭一般扎實地在工作，不能從外表來判斷人家。

顏料採用不容易褪色而耐水的樹脂塗料（vinyl lacquer），畫筆主要用日本畫用的那種筆。桌上排著相當多的筆，每種都細心保養著。例如要表現髮際的微妙線條，而把毛筆間拔後才用之類的，這在業務的人看來會說「髮際何必那樣在意呢？」業務的人只要我們做出能夠用來當教育標本的東西就ＯＫ了，他們覺得如果上色做得像人形玩偶那樣精細，不如再多做一個人體標本讓他們去賣。

可是現場的歐吉桑有現場師傅的尊嚴，說是「不行，這種精細的地方不能馬虎」。大體上京都人都有在這種地方固執彆扭的傾向。所以你要是說：「高橋先生，臉的部分不用那麼仔細嘛」，他反而會摸摸弄弄的更細心去做。不過這眞的很有意思。

這個作業場所的工作，每一個師傅的獨立性都很強，幾乎沒有所謂分工的情形。某個人開始做一件工作之後原則上似乎都由他本人做到完成爲止。所以像大的人體模型之類的，也由一個人完成一體的全部。沒有說肝臟由齋藤先生做，生殖器由西田先生做，大腸由門崎先生做之類的分工法。因爲都是一個人一個人分別以自己的技術上彩的，當然每一體模型都會

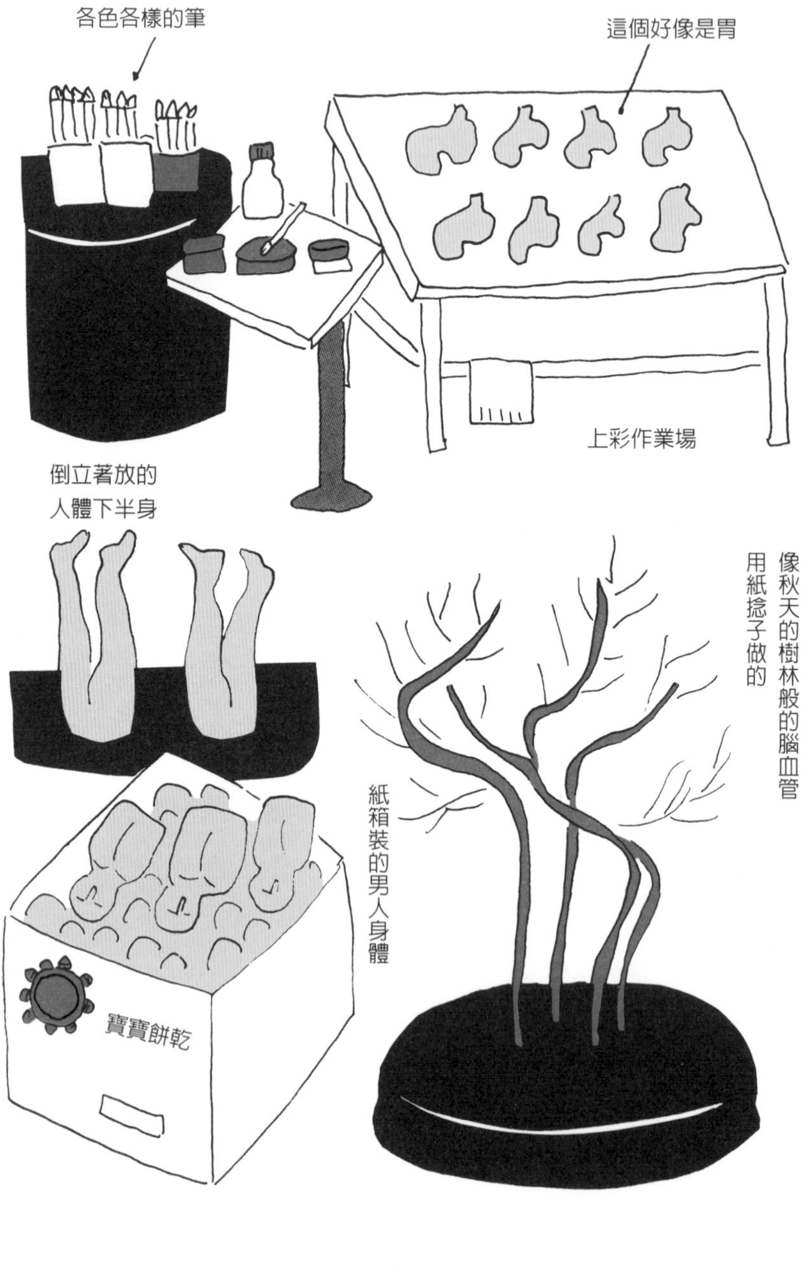
各色各樣的筆
這個好像是胃
上彩作業場
倒立著放的
人體下半身
像秋天的樹林般的腦血管
用紙捻子做的
紙箱裝的男人身體
寶寶餅乾

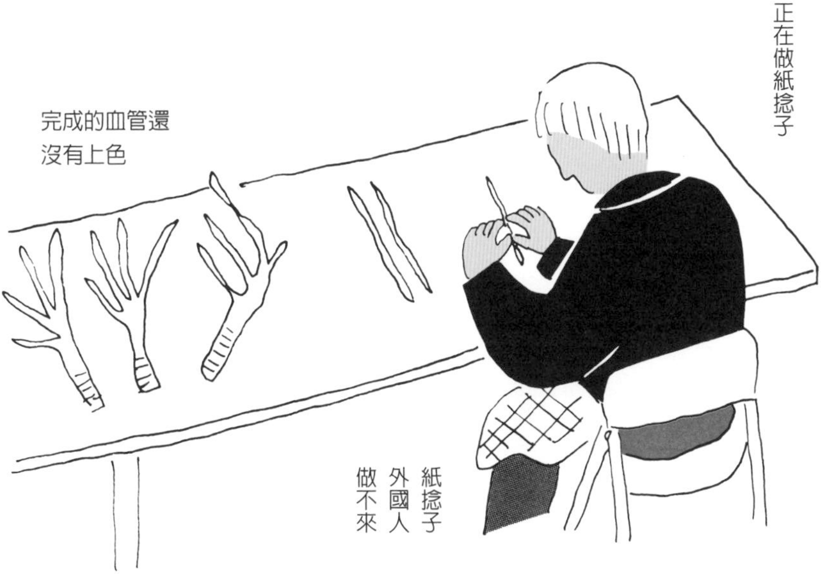
完成的血管還
沒有上色
正在做紙捻子
紙捻子外國人做不來

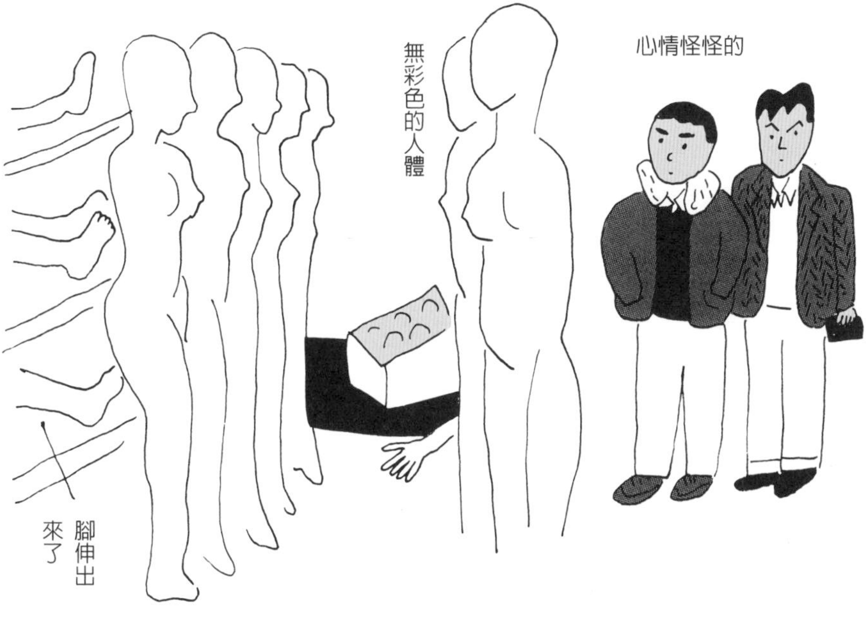
無彩色的人體
心情怪怪的
腳伸出來了

多少有差異。讓你覺得有些色調好像比較明朗一點，有些色調好像樸素沉靜一點。有些人細部比較用心，有些人則稍微大而化之。我眞想讓安西水丸兄也來幫他們試著上彩一個看看。

嗯，這臟器上彩據說也有各種訣竅和技術，例如色調不想塗太新鮮的顏色，肝臟這東西如果想表現成有點像「中年期大眾傳播媒體從業人員」的暗沉肝臟風時，畫筆沾上顏料後就啪啪的先在報紙上抹一抹。等筆稍微乾到某種程度後再塗上顏色，做出所謂的「古色」來。也就是說塑膠模型的上色和訣竅雖然一樣，可是每個師傅自己卻都各有一套訣竅。就像超級瑪莉一樣各懷必殺絕技，武林高手賣力過招。

再過去一點，旁邊的歐巴桑正在用紙捻子製作著非常細的神經系統模型。這應該說是勞作吧，光看著腦筋都快糊塗了，不得了的細，用紙捻子做出來的幾十根神經分成各種顏色潛進那邊，繞過這邊，總之複雜地互相糾纏在一起。那纏繞方式從一個細部到另一個細部必須正確地再現才行，這眞要命。要是我就實在不行。

外國人不會做所謂的紙捻子，因此據說來參觀時看到這個都大吃一驚，連我都大吃一驚。

這神經系模型要花三年時間製作，現在尚未完成，據說完成一小部分時，就要請九州的大學教授來看，如果說「這裡不對」的話，就要修正重做，反覆修改。聽到這裡，我不由得要低頭致敬。三年噢。

——眞不愧是師傅，每個人都獨當一面地在做啊。

橫山：「是啊，沒錯。這有好的一面，也有壞的一面。畢竟，橫的聯繫就不順暢。比方說顏色的上彩方法，美術工藝部門有人專門在研究如何可以更快速而正確地上彩，所以不妨去學一下這種技術的，可是誰也不去。因爲是師傅的關係，所以說這是我從以前就一直做到現在的技術啊，既不想教別人，也不想讓別人來教。年輕人倒不會這樣，不過年紀稍微大一點的人這種傾向就比較強。

「光是在現場作業的公司職員現在就有一一〇名，大多是喜歡這種工作而進來，或有興趣而進來的人。其中也有人是因爲喜歡製作人體模型……的吧。我們的問題是，要怎麼樣才能培養年輕的後繼者。」

從橫山先生的話中也大概可以知道，「京都科學標本」最大的問題點在於，手工的工作占了生產的主要部分。而且不是用計時打工的人做得了的單純手工，是需要高度技術的手藝工作。因此做的人總難免成爲具有師傅氣質的專門業者，會產生難以引進技術革新和提高生產力的問題，這是經營者最頭痛的地方。

這種人體模型製造最盛的國家是德國和日本兩國，雖然互相不斷激烈爭奪國外市場，不過因爲日圓升值也有關係，總是無法大量往國外銷售，教育預算的縮減使得國內市場也不理想，可以說日本平均一般中型企業都同樣有這方面的煩惱。「往後大概會朝專門的simulation（模擬實驗）爲主要發展方向。」負責營業的橫山先生說。就像剛才說過的那樣，人體模型的需求已經飽和了。所以將來或許「這是我的技術」式的歐吉桑也不得不被迫改變體質。對我來說，我個人倒覺得這眞是有點無奈。

——很抱歉這個問題好像很普通，不過我想請教，既然是公司應該也有舉行年終忘年會或員工旅遊之類的吧？

橫山：「有。員工旅遊去年是去哪裡呢？因爲不是去很棒的地方所以我不記得了，不過大概是去靜岡縣的登呂遺跡吧。」

——說到登呂遺跡，與其說是員工旅遊不如說像觀摩研修嘛。

牛的解剖模型
可以分解
青蛙
也賣這種標本
還有蟑螂的標本
安西水丸製人體著色
這是南丁格爾像

橫山：「如果有這種行程的話一定會去看。我因爲職業的關係就算到海外出差時，人家問我要去哪裡，我都會去科學博物館看。不會去坐什麼觀光巴士。這也是職業病吧。」

——那麼年終晚會也一直在談這種事嗎？「那傢伙上的直腸色彩不行」之類的？

橫山：「不，沒這回事。都談些很普通的話，唱唱卡拉ＯＫ，談談人家的事，這都一樣啊。不過，共通話題還是工作，就拿營業方面來說，也會談談別的部門的壞話啊，一般來說跟普通別的地方一樣。」

嗯嗯……，不過這家「京都科學標本」是不是就像橫山先生所說的是那種「一般來說跟普通別的地方一樣」的公司，我就有點無法判斷了。員工旅遊會到登呂遺跡去，我總覺得好像不能算一般普通的公司似的，以實際上的感覺，比方說在製造「靜脈注射用模擬模型」的公司，跟製造「奈良漬」泡菜的公司相提並論，總括一句說「一般來說是一樣的」，我總覺得似乎有點亂來。

當然在以有效生產、有效販賣爲目的這點上，科學標本公司和奈良漬泡菜公司機能上完全沒有差別，不過以整體來看，這兩者本質上還是不同。要問有什麼不同就傷腦筋了，不過以一句話來說，就是「大家看起來好像很愉快地在工作的樣子」。確實在內臟上塗顏色好像不能說是很明朗的作業，而且很費工夫。雖然如此可是站在旁邊看著他們做時，我也有一點很想來試做一下看看的感覺，相當有意思。也許製造動機正當得太過於正當了，雖然是手工業卻又不是傳統工藝，這種地方，反而顯出他們那種比較淡然而專注的工作態度，微妙得讓人覺得很舒服吧，我這樣想。

如果稍微便宜一點的話，我倒很想要一件1／2比例的模型牛，不過可惜太貴了。

工廠化的結婚會場

松戸・玉姫殿

本書是以選擇幾個「工廠」來採訪，並將採訪紀錄——或類似採訪紀錄的東西——寫下來，在這樣的宗旨、方針下成立的，不過其中也混雜有幾個以世上一般常識來判斷實在無法稱為「工廠」的地方。例如這結婚會場「松戶・玉姬殿」就是一個很好的例子。

當然，不用說，結婚會場並不是正確意義上的「工廠」。除了餐點之外，結婚會場既不生產任何有形的東西，也沒有輸送帶或空氣壓縮機之類發出隆隆噪音在操作著的機器。但是，如果您有機會仔細觀察從結婚會場裡順序送出幾對新婚夫婦的過程的話——不一定非要是「松戶・玉姬殿」不可，就算「OKURA HOTEL」的結婚會場成立的本質也是一樣的——我相信您應該不會反對這也可以歸納在所謂「工廠」的範疇裡。老實說，那除了工廠之外什麼也不是。

作爲一個工廠的結婚會場，或名爲「結婚會場」的工廠，不用說原料就是稱爲新郎・新娘的一組男女，它的機械推進力則是專門的知識和熟練的服務，核心附加價值是感動（或說得稍微保留一點是情緒的高揚），支持其需求的是世間一般的「風俗・常識・習慣」。就這樣在結婚典禮工廠今天（只要不是佛滅大凶日）就會繼續生產出一次又一次所謂「慶典（ceremony）」式的光輝商品。

話雖這麼說，但我絕不是在批判這種「結婚典禮工廠」的結婚會場形式。也不是對這抱著諷刺的想法。老實說，我對「松戶・玉姬殿」既不抱著Yes也不抱著No的態度，換句話說是以中立的立場來寫這篇文章的。所謂「中立的立場」具體說則是：

(1)我自己將不會在這結婚會場舉行結婚典禮。(2)我可以充分理解這結婚會場的存在意義，這樣的立場。

我不會在「松戶・玉姬殿」舉行結婚典禮是基於極個人性的理由——也就是說，我生理上討厭所謂集會這種東西——「松戶・玉姬殿」沒有任何責任。因爲我是個比較固執彆扭的人，所以自己不喜歡的事情，絕對不會爲了討好別人而特地去做。所以我自己當初結婚時——跟我現在的太太——也沒有舉行什麼儀式，就算再結一次婚（呼）也完全沒有打算在「松戶・玉姬殿」或其他任何地方舉行結婚典禮。

不過即使這樣的我——性格偏狹的山羊座（魔羯座）小說家——某種程度還是可以理解這個世界為什麼會有結婚典禮產業存在。結婚典禮產業之所以會存在這個世界的理由——對，是因為許多人追求它、需要它的關係。

人們多半需要慶祝儀式，追求它所伴隨的某種感動。因為對很多人來說，結婚典禮就是這樣的東西。不過他們所追求的不是真正的感動。他們所追求的是，有開始有中間有結束，能適度完成這機能的可掌握的感動。

總之，這就是所謂的慶典。

世上有的是有入口沒有出口的感動，也有有出口沒有入口的感動。有把人們撂倒的感動，也有讓人小便失禁的感動（大概有）。不過——我想不用我特別嚕嗦——人們在結婚典禮上所追求的並不是那種無法掌握的感動。

如果當場碰巧發生如排山倒海般的感動，使列席者就那麼趴在地上嚎啕大哭起來，新娘失禁，新娘的父親激動之餘用牛排刀割斷新郎的喉嚨的話，可能會天下大亂。這種感動，結婚典禮上並不需要。

人們在所謂結婚典禮這慶典上會感動，也會流淚。但即使流淚，那眼淚也會被設定在一定的時間內就收斂起來。因爲那感動就像棒球比賽中有幸運七局，火腿三明治裡夾的酸黃瓜一樣，是附隨在慶典過程中的東西，絕不會凌駕於過程，因爲已經精確地這樣設計好程式化了。那是「適度而可以掌握」的感動，既然可以掌握也就可以用金錢來買賣——事情就是這樣。

這樣的發言聽起來也許過於嘲諷。不過我一開始已經說過，絕不是以嘲諷的眼光看「玉姬殿」（名字取得非常美）。至少不像大報紙的精英專欄作家聰明文章中嘲笑結婚會場爲「華麗而演出過多」那樣，以冷笑的眼光來看待這個。人們（如果容許我用這樣的說法的話也就是庶民）自己所追求的東西，自己出錢，買到手的——這有什麼不可以呢？說得更明白一點，結婚典禮什麼地方是對的？什麼地方是不對的？結婚典禮什麼地方是必要的，什麼地方是不必要的？什麼地方是結婚典禮的核心，什麼地方是附屬品？什麼地方是時髦漂亮的？什麼地方是多餘的垃圾？而誰又有權利來判斷？

我不知道。

因爲不知道所以迴避判斷。

我舉出實際的例子請各位讀者自行判斷。

（Case Study）

新郎・鈴木力・二十六歲

新娘・沼津綠・二十三歲

鈴木出身於千葉縣松戶市，父親是松戶車站附近的開業獸醫。他是次男。多數親戚都住在千葉縣，叔叔是松戶的市議員。

法政大學法學院畢業後，在某大石油公司上班，隸屬營業部。月薪約二十八萬圓。現在在父母家附近一棟大廈裡租了一房一廳的房子住（租金四萬八千圓），搭千代田線地下鐵到東京都心丸之內上班。

興趣是玩音響和開車兜風（車子是ISUZU Gemini）週末多半開車遠行。音樂喜歡Alice（譯注：谷村新司、堀内孝雄、矢澤透所組成的合唱團）和Barry Manilow，讀書喜歡看推理小說，女明星喜歡石原眞理子。大學時代跟社團的學妹交往過，畢業後就分手，從此以後一個月到千葉市內的風化按摩院去一兩次。因為不習慣流行的健身院，所以不太喜歡。存款一百八十萬圓。

沼津綠。靜岡縣燒津市出身。娘家經營便利商店。她有兩個哥哥，兄妹三人，大哥接管家業，二哥在富士電視公司上班。

昭和女子短大英文科畢業後，在一家中型廣告公司上班，只因為跟上司處不好半年就辭職，現在則在銀座的畫廊上班。月薪二十一萬圓，存款二百三十萬圓（其中有一百五十萬是父母幫忙存的），她住在代代木上原的一房一廳公寓（房租七萬八千圓）。購讀的雜誌有《Classy》《an an》《Da Capo》。

十九歲和在滑雪場認識的慶應大學學生在一起時失去處女之身。後來，二十一歲秋天和在畫廊認識的三十九歲有婦之夫關係深入，結果吵吵鬧鬧的半年後還是分手了。

這樣的兩個人在這廣大的世界偶然相遇，墜入情網，相約結婚，最後演變到在「松戶．玉姬殿」舉行結婚典禮的地步，世界眞奇妙……不是嗎？總之這是常有的事。跟亞瑟王圓桌武士中「崔士坦與依索德」（Tristan und Isolde）（譯注：華格納將此一故事編成三幕音樂歌劇，廣爲流傳。該劇以崔斯坦和依索德不幸的浪漫愛情爲題材。）之類的，則大不相同。

不過這兩個人爲什麼會相愛呢？我想大概有人會這樣懷疑，所以雖然與本題無關，還是簡單說明一下事情的概要。

鈴木力與沼津綠第一次見面是在一九八五年九月。力的上司在綠上班的畫廊舉行油畫聯展，力被叫去幫忙接待工作。於是力對綠一見鍾情。綠長得高高的身材美好，穿著也很脫俗。雖然不是非常漂亮，但眼睛美麗，牙齒整齊。

綠也覺得力還不討厭。雖然整體上有一點矮胖，領帶的花色也很糟糕，不過人倒很親切，而且好像很認眞，說的笑話雖然不太好笑，不過這點也還算可愛。

因此兩個人約會了幾次，看看電影，喝喝酒，然後在代代木上原綠的公寓裡第一次做愛。那是十二月四日的事。

當他向她求婚時，綠心想：「嗯，怎麼辦？」有點猶豫。她喜歡力，也覺得他是個結婚的好對象，可是也想一個人再單身過一段時日，而且力的外表絕不是她所喜歡的那一型。在石油公司上班也很普通，老實說並不中意。但結果綠還是決定跟力結婚。到目前爲止她所交往過的男的，沒有人像力這樣，在一起時能讓自己覺得這麼安心的。如果讓這個男人溜走的話，也許再也遇不到這樣的對象了。

「好吧，」綠小聲說。並輕輕靠近力赤裸的胸前（寫這種東西還眞累人）。

於是，過完年的三月三十一日，雲淡風輕的星期天下午，力和綠從北松戶走到離車站步行五分鐘的「松戶．玉姬殿」，去預約結婚會場。一面走一面談：「×××，非常棒噢，昨天晚上的那個××××……」

「討厭，呵呵呵，你才×××呢」

聊著這種消耗性的話。路邊的牛群也稀奇地看著兩個年輕人的模樣……這麼說是假的，松戶已經沒有什麼牛了。我想大概沒有了。

他們兩人會選擇「松戶．玉姬殿」當結婚會場，是因爲這裡離力的老家近，比較方便。雖然喜歡當個都會女郎的綠覺得：「嗯，都心的大飯店比較好」，也曾經說出口，但結果還是妥協。她學習多數聰明女子的例子，同樣也開始踏上偉大現實主義者的道路，所以當力說：「都心的飯店幾乎是賣名字的。那種虛榮沒什麼意義。我們又不是影劇圈的人」時，便坦然接受「說得也是」。

此外她聽過在《an an》雜誌當造型設計師的好朋友說：「現在『玉姬殿』的一些新噱頭很受年輕人歡迎呢」，也是這麼快妥協的原因之一。

結婚典禮的總預算約二五〇萬圓，兩個人這樣盤算。加上蜜月旅行（夏威夷）大約三〇〇萬。費用從兩個人的儲蓄來湊，不過其中有一半左右應該可以從紅包來抵。嗯，總有辦法的。

招待客人約八十名，十月的星期六、日，兩個人這樣希望，不過實際會怎麼樣呢？

結婚會場預約相談處設在「松戶・玉姬殿」的地下樓。寬敞的樓面排滿了禮服、贈品、餐飲的樣品，彷彿呈現「結婚樣品市集」般的模樣。完成會場預約的顧客可以在這裡親眼實際看到「這種禮服・那種料理」而作選擇。這是非常方便的流程，並且具有提高洽詢顧客興致的效果。

在相談處櫃檯接待力和綠的是一位叫作荒木先生的年輕負責人。整潔地穿著海軍藍色西裝制服，態度溫文，親切和藹。「嗯，想結婚嗎？那麼，請問預算多少？」絕對不會這樣說。

荒木：「嗯。你們已經提出希望在十月十二日星期天舉行對嗎？人數是八十名……請稍等一下。啪啦啪啦（翻著預約表確認），是的，沒問題，最大的『慶雲廳』還空著。」

力：「啊，太好了。十月的星期天又是大吉日所以我還以爲已經訂不到了。」

荒：「可是時間只有上午才有空，十點半舉行典禮，十一點半開始披露宴（喜宴），到兩點半結束……」

力：「嗯，應該可以吧？」

綠：「沒辦法啊。不過從燒津來的人好像很趕。」

力：「沒辦法啊。那麼，就這樣決定吧。」

荒：「謝謝。十月十二日，鈴木府・沼津府兩家結婚典禮在『慶雲廳』。」

就這樣談話在系統化之下進行下去。首先必須決定的是日期。日期和喜宴要招待的貴賓人數。這點不明確的話，既無法預約會場，談話也完全無法往前進行。這也是當然的。因此洽談一開始就一手拿著六輝早見表（黃曆）一面談。

場地會廳決定後，其次是典禮細節的商量。「松戶・玉姬殿」裡有舉行神前式的會場，不過如果希望採取教會式、佛式的人，則可以在外面舉行完儀式再轉進（是這樣講嗎？）這

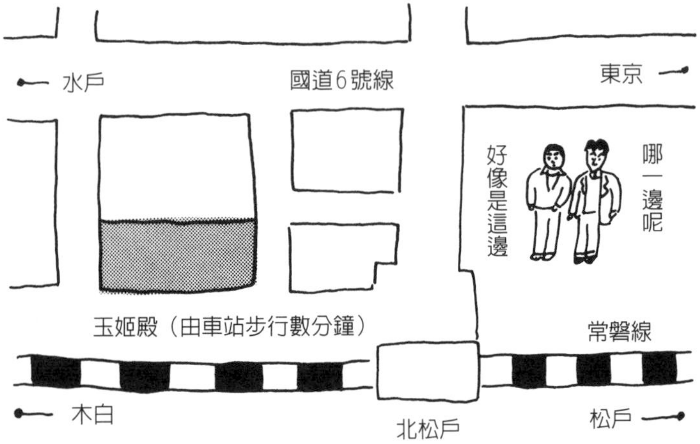

裡來舉行喜宴。

綠：「神前式就好了吧？」

力：「別的太麻煩了就採用神前式吧。沒有拜火教（Zoroasterism）式的吧？」

荒：「什麼？」

力：「沒什麼，開玩笑的。」

就這樣，典禮儀式也決定了。

這時荒木把程序表交給兩個人。話題終於要進入細節了。首先是喜帖的準備。

力：「喜帖呀……喜帖大家都託你們代辦嗎？」

荒：「是的，幾乎大多都由我們來辦。除了客人有很熟的印刷廠之外，要不然，不知道什麼時候才能收到回條，有這樣的程序問題……」

力：「妳們有熟的印刷廠嗎？」

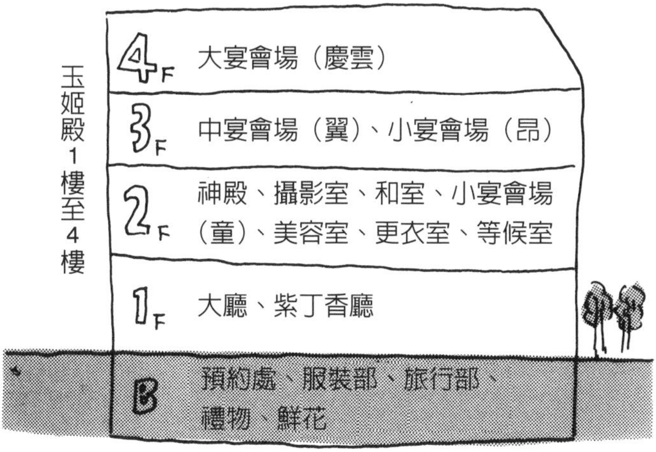

綠：「沒有，你們呢？」

力：「好像沒有。」

於是，喜帖的印製也委託「松戶．玉姬殿」。因爲喜帖要在典禮的兩個月前印製，所以這方面的細節可以到時候再說就可以了。

然後終於進入預算的概估。

荒：「嗯，首先是料理，」啪啦啪啦（翻著樣品冊）「這是和食六千圓的。」

綠：「會不會有點不夠豐盛？」

力：「希望能有鯛魚（譯注：鯛魚的日語發音和恭喜諧音，因此喜慶時常用鯛魚來表示慶賀吉祥）。」

綠：「再好一點的……」

荒：「好的，這種是八千圓的。」

力：「還是沒有鯛魚呀。」

綠：「啊，這邊有鯛魚！」
力：「眞的，有鯛魚！」
荒：「這是一萬圓的。」
力：「噢，嗯，那麼就差不多像這樣的……」
綠：「哇，你看這種好棒噢？」
荒：「這是最高級的料理，要一萬七千圓。」
綠：「有螃蟹、蝦子、鯛魚、生魚片……」
力：「不必到這個程度吧，只要有鯛魚就行了。」
荒：「那麼就一萬圓的。」
力：「眞的有鯛魚噢？」
荒：「沒錯，一定有。」
就這樣菜單決定了。內容是附有從頭到尾整條的鯛魚、伊勢蝦、生魚片、天婦羅、烤魚、煮物、醋泡

菜、茶碗蒸、湯、哈密瓜。

可是光有吃的，客人還不會滿足。喝喜酒和賞花會沒有酒是不成的。

荒：「香檳、啤酒、日本酒、果汁可以隨便喝，一個人一六〇〇圓。」

力：「那麼一六〇〇圓有八十個人就……」

荒：「啪啪啪（按計算機按鍵）……十二萬八千圓。」

力：「那麼，就這樣辦吧。」

荒：「不過，因爲不含威士忌，如果有人要喝威士忌就要另外準備了。」

綠：「威士忌不用吧？」

力：「可是，千倉的叔叔，沒有威士忌會發脾氣的。他幾乎已經酒精中毒了。」

荒：「那就沒辦法了。」

力：「威士忌要三瓶吧。」

荒：「好的。餐點和酒就這樣決定。八十名，因此我想圓桌十桌就可以了。」

力：「這就由你決定。」

荒：「那麼要不要心型的蠟燭？」

力：「（問綠）妳說呢？」

綠：「都可以……」

力：「（對荒木）大家都點嗎？」

荒：「差不多，嗯，一般都會點。不過偶爾也有不點的。」

力：「那麼就點吧，跟別人一樣。」

荒：「好的，那麼紀念蠟燭八千圓。」沙沙沙地寫著（用原子筆在估價單上記下金額），「那麼司儀

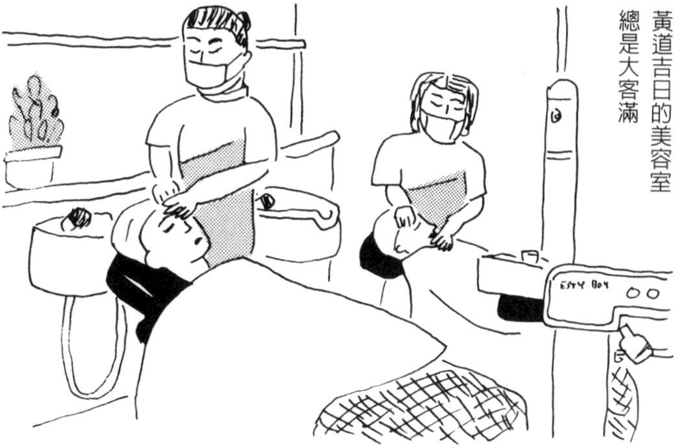

黃道吉日的美容室
總是大客滿

你們怎麼打算？要我們這邊承辦，還是由你們那邊準備。」

力：「這個嘛，司儀費用要多少？」

荒：「四萬圓。」

力：「（對綠）怎麼辦？」

綠：「我們準備也麻煩。」

力：「聽說渡邊很擅長這個。」

綠：「可是，他嘴巴不饒人，不知道會說出什麼來。」

力：「那就拜託你們。」

荒：「因爲是專業的司儀，所以很可靠。這個就四萬圓……（沙沙沙地寫著）要不要電子琴？」

力：「電子琴不需要吧。」

綠：「沒必要。」

荒：「還有我們收演出效果費，五萬五千圓。」

綠：「演出效果費？」

荒：「所謂演出效果費，包括製造幻覺的乾冰啦，音響混聲效果啦、或卡拉ＯＫ、鏡球、童話之類的東西全部包含在內，整套才五萬五千圓。當然也可以分項選擇單點，不過整套的比較便宜喲。」

綠：「童話是指什麼呢？」

荒：「嗯，兩個人小時候的照片拍成幻燈片放映出來，加上旁白說明。」

力：「就順便加上去吧。以五萬五千圓做好了。反正細節我們也不太清楚。」

荒：「其次，有關小船的使用費也算在這場地費裡。一個人通常再加一百圓。」

力：「小船？」

從一萬圓的開始……
怎麼樣？
地下室預約處的年輕情侶

荒：「換過禮服的新郎・新娘可以坐著小船（譯注：gondola像威尼斯的遊覽船）從天棚慢慢降下來。大家都會嚇一跳。」

力：「那當然會嚇一跳啊。簡直像電影《回到未來》嘛。」

荒木：「嗯，不過沒有那麼豪華就是了。」

力：「（那還用得著你說。）」

荒：「還有花。價錢從便宜的開始，有分為珍珠、紅寶石、祖母綠、鑽石幾種成套的等級。」

力：「我頭有點開始痛了。那有什麼分別？」

荒：「首先是花的量不同。」

綠：「花的種類呢？」

荒：「大體上以康乃馨為主。沒有康乃馨的話豐盛的量感出不來，雖然玫瑰或其他任何花我們都可以

幫你們做，可是就算用同樣的枝數，量的感覺卻沒有康乃馨的效果好。而且不能光用全開的玫瑰，還是要搭配一些含苞的蓓蕾才比較好，這樣一來，無論如何就……」

力：「你說最貴的鑽石是什麼樣的？」

荒：「那種的話康乃馨也是用比較結實的康乃馨，其他還搭配大朵的嘉得麗亞蘭花，桌子不是這樣嗎，於是花放在中心，然後兩邊也放。如果是最便宜的話，就只有這樣星星點點的，貴一些是有關係的。看起來相當不同。尤其你們選的是最寬大的會場，如果用便宜的花反而顯得寒酸。」

力：「這麼說，就用這種祖母綠五萬圓的怎麼樣？」

綠：「是啊，不要太寒酸。」

荒：「我知道了。（沙沙沙）還有喜帖要印幾份？」

綠：「包括不來的總要多寄幾份吧？」

荒：「不，這幾乎不太需要。除了禮貌上通知的之外，客人能不能出席大概可以抓得出來。也就是說爲了確認而寄的。還有，夫婦的情況只要寄一封就行了。這樣一來，八十名的喜宴，可以減少十名計算。因此我想大概七十封就夠了。喜帖也有幾種價格，平均每封三六〇圓。」

力：「我也不太清楚，就交給你們辦吧。」

荒：「還要印席次表。這跟喜帖數量一樣。一份五〇〇圓。」

力：「就這麼辦吧。」

荒：「好的（沙沙沙、沙沙沙）。其次是禮服，

要怎麼樣的？」

綠：「還是要打掛（譯注：和式新娘禮服）吧，怎麼樣？」

力：「嗯。」

荒：「換裝呢？」

綠：「現在流行什麼樣的……」

荒：「說到流行嘛，一般多半是先穿振袖（譯注：長袖和服），然後換洋裝。」

綠：「那麼就這樣吧。」

力：「我就先穿紋付（譯注：附有家紋的日本男士禮服），再換西式晚禮服可以嗎？」

荒：「那麼，就這樣，禮服價錢等一下再決定。」

綠：「爲什麼？」

結婚典婚素描②

以後結成親家了先乾一杯吧
是啊是啊
瀨戶新娘要出嫁
唱卡拉OK的人

荒：「因為價格差距很大，先決定其他的比較好……」

力：「原來如此。」

荒：「穿衣費是固定的，打掛、振袖、西式禮服……嗯……五萬三千圓。男性只有兩件是八千圓。」

力：「差別好大噢。」

荒：「接下來是給客人的東西，蛋糕好嗎？叫作婚禮蛋糕，通常有三角形差不多這麼大的……。或者也有像年輪蛋糕那種的。」

力：「年輪蛋糕的味道全都像賣剩的一樣，不是嗎？」

荒：「那就三角蛋糕好了……依人數準備好嗎？」

綠：「好啊。」

結婚典婚素描③
也有這樣的入場者
我會讓你幸福的
該換裝了
媒人
這位新娘穿純白禮服

荒：「然後，還有紅豆飯，或生折詰（譯注：和式便當禮盒），打算怎麼辦？」

力：「這個沒有必要吧？」

綠：「最近已經很少見了嘛。」

荒：「有的地方的人一定非要不可。還有麻薯餅，或我們這邊的小饅頭。」

綠：「啊，就這個小饅頭好了。」

力：「這要多少錢？」

荒：「六〇〇圓。」

力：「好吧。那麼就這個八十份。可是，這邊上面沒有附『祝』的字啊。」

荒：「沒有字的四〇〇圓。大小也差一點。」

綠：「眞教人難決定。」

力：「不過，一生就一次嘛。」

結婚典婚素描④
這時大新娘兩歲的姐姐正活躍全場
卡嚓
婚禮高潮切蛋糕
戴白手套的會場主任
卡嚓

荒：「那麼就六〇〇圓的八十個（沙沙沙寫下）。回禮要怎麼樣？」

力：「先決定預算多少，這個等一下看了再說。」

荒：「回禮的主流是二五〇〇圓，三〇〇〇圓，三五〇〇圓，就從這裡頭選……」

綠：「那就中間的……好嗎？」

力：「嗯。這個夫婦只要一個，所以總共七十個吧？」

荒：「三〇〇〇圓，（沙沙沙寫下），七十個。方巾普通的就行嗎？」

力：「可以啦。」

荒：「……。我想只要七十條就夠了，只要跟回禮的數目一樣。此外只帶蛋糕和饅頭回去的人，我們

結婚典婚素描⑤

會準備紙袋。那麼，接下來是攝影。」

綠：「呼！」

力：「好累喲，光談這些就夠累的了。」

荒：「攝影。」

綠：「是，是。」

荒：「團體照在婚禮後拍，大家一起拍。這個有必要噢。那麼這就拍彩色好了。然後是兩個人的合照。婚禮時新娘穿打掛新郎穿紋付的合照。這也拍彩色的可以吧。然後是新娘一個人的獨照……」

力：「沒有新郎一個人的嗎？」

荒：「不是沒有。因爲有各種客人。那麼，接下來是換過衣服的新娘穿振袖和新郎穿紋付的雙人照拍不拍？」

力：「拍吧。」

荒：「新娘一個人的振袖呢？」

綠：「這個不必吧。」

荒：「接下來，新娘換洋裝禮服，新郎換西裝禮服後呢，要不要拍？」

力：「我想這個沒什麼必要吧。」

綠：「我也覺得不必。」

荒：「好。那麼……團體照一萬八千圓，其他各一萬五千圓，三張一組，總共是六萬三千圓。然後還有送給雙親的花束。」

力：「這個一定要嗎？」

荒：「不，不要也可以，不過，還是做比較好。我們會建議做。這不是價錢的問題，畢竟是對父母親表示感謝的心意……」

力：「嗯，那還是要吧。跟別人一樣。」

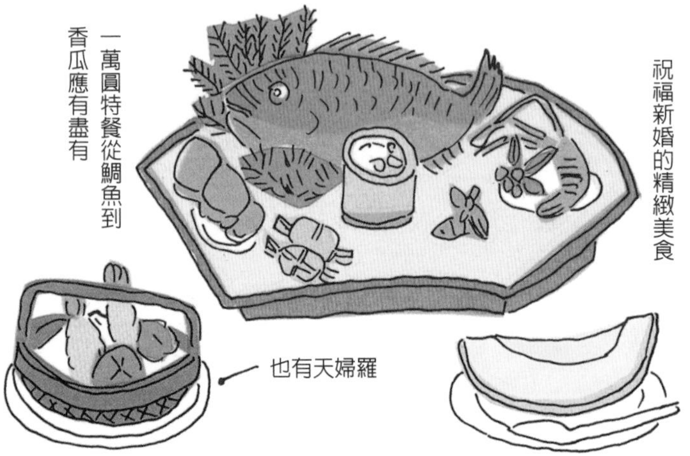
祝福新婚的精緻美食
一萬圓特餐從鯛魚到
香瓜應有盡有
也有天婦羅

荒：「兩份花束。然後花童用的花束呢？有一種是由花童獻給新郎・新娘的花束。」

力：「不用吧？」

綠：「不用好了。」

荒：「其次是新娘的捧花，這個有分鮮花跟人造花。如果是鮮花當天用完後可以送給朋友。如果是人造花則可以留下來，有人拿來裝飾房間。」

綠：「鮮花好了。」

荒：「如果是鮮花的話，也有各種價錢。大概一萬圓到三萬圓。有圓形的花束，也有這樣垂下來的長型花束……」

綠：「取中間兩萬圓左右的……」

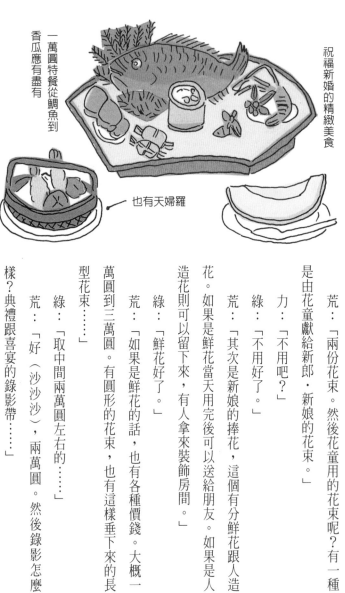

荒：「好（沙沙沙），兩萬圓。然後錄影帶怎麼樣？典禮跟喜宴的錄影帶……」

力：「這個……唉，一輩子才一次嘛，就做吧。」

荒：「喜宴要拍幾小時左右的？」

綠：「只要適度精簡一點就行了吧？」

力：「是啊。」

荒：「好的，重要地方拍一拍，大概需要九十分鐘。祝賀詞的地方總要好好拍起來，還有入場、點蠟燭……」

力：「那，就這樣吧。這樣要多少錢？」

荒：「六萬圓。然後席次牌。這個按照人數需要，一張一百圓，八十人份，這樣。還有簽名簿。整套便宜的有從二八〇〇圓開始的。還有包括賀電簿、大家全場傳遞留言的色紙（譯注：方形和式紙板，紙面多半撒有金、銀箔，供書寫俳句、和歌，或賀詞、畢業紀念贈言等用）都是配套的。」

力：「嗯，這個三三〇〇圓的好了。」

荒：「好的。（沙沙沙）。然後是服務費八千圓。嗯，大概就這樣了。禮服另外算。」

力：「到這裡爲止多少錢了？」

荒：「請等一下。」

啪搭啪搭（計算機的聲音）啪搭啪搭啪搭、啪搭、啪搭啪搭……

荒：「到這裡爲止是兩百零五萬三千四百六十圓。」

也就是說接下來還沒完沒了，因此割愛。結果如七十九頁附表。

於是兩個有情人終成眷屬，很恭喜地結婚了。

眞累人。

鈴木・沼津二府聯姻　婚禮估價單

（餐費10,000圓・人數80名＋2名兒童）

項目		單價（圓）	數量	金額（圓）
1 披露宴（喜宴）	○ 餐	10.0000	80	800,000
	○ 兒童餐	2,500	2	5,000
	○ 飲料（A組）	1,600	80	128,000
	○ 飲料（威士忌）	6,600	32	19,800
	○ 披露宴席費	500	80	40,000
	○ 更衣室費			6,000
	○ 專業司儀費			40,000
	○ 飾花（主會場）			50,000
	○ 飾花（餐桌）	3,000	10	30,000
	○ 紀念蠟燭			8,000
	○ 演出效果費			55,000
	結婚蛋糕	400	82	32,800
	獻花束	3,000	2	6,000
	簽名簿組			3,300
	桌次牌	100	80	（免費贈送）
	招待牌	360	70	25,200
	席次表	500	70	35,000
	稅金　○印合計×10%			118,180
	服務費　○印合計×10%			118,180
小　計				1,520,460
2 典禮儀式・攝影・VTR	典禮費			35,000
	介添料			8,000
	結婚戒指			
	攝影　團體			
	禮服二人			18,000
	禮服新娘一人			15,000
	換裝二人			15,000
	換裝新娘一人			15,000
	典禮錄影			}
	披露宴錄影			60,000
小　計				166,000
3 回禮	引出物（禮物）	3,000	70	210,000
	點心禮物（紅白饅頭）	600	80	48,000
	口取（茶點）			
	風呂敷（方巾）	400	70	28,000
小　計				286,000
4 服裝・化妝・造型	打掛・新娘禮服			400,000
	換裝（振袖）			70,000
	同上（洋裝）			100,000
	紋付・晚禮服			80,000
	新娘穿著師			53,000
	新郎穿著師			8,000
	髮飾			
	花束			20,000
小　計				731,000
合　計				2,703,460

＊表中數字及項目等，未必與現行費用一致

橡皮擦工廠的祕密

玉兔牌

由於職業上的關係，我還相當常用橡皮擦。我試著將自己常用的文具，依工程別列出來則有如以下：

(1)執筆（鋼筆・墨水）
(2)修改原稿（POSCA簽字筆・TOMBOW MONO BALL鋼珠筆）
(3)校對修改印刷初稿（鉛筆・橡皮擦）

不過就像相聲的搭檔一樣，這樣雙雙對對排列出來一看時。

鉛筆：「嘿，這裡要這樣子寫呀。」
橡皮擦：「不對吧，沒這回事。」
鉛筆：「是嗎，這麼說好像也對噢。那麼是這樣吧？沙沙沙。」

橡皮擦：「我說不對啦。擦擦擦。」
鉛筆：「你這傢伙也真固執。那麼你看，這樣如何？沙沙沙。」
橡皮擦：「嗯，大體上還可以，可是這裡不行。擦擦擦。」
鉛筆：「怎麼這樣嘛，笨蛋，沙沙沙。」
就這樣，一面想著這種情形一面校對印刷初稿，倒還不會厭煩。有興趣的仁兄不妨試一次看看。

嗯哼，玩笑暫且打住。任何公司的辦公桌上，任何學生家裡的書桌上至少都有一塊——有的話雖然不顯眼，但沒有的話可就大傷腦筋的——橡皮擦，到底是在什麼地方如何被製造出來的，是本篇的主題。我想恐怕是本書中所提到的商品中價格最低的東西吧。

不過，在某種意義上，或許可以說參觀這種製造低價日常產品的工廠，才是觀摩工廠的王道，也是標準也未可知。從簡單的工程→到大量生產，這種絲毫不含糊的工廠原原本本的樣子，有必要在這裡確實掌握一下。不能只把眼光轉向人體標本、結婚會場玉姬殿、名牌流行服飾Comme des Garçons之類有趣、亮眼的東西上。

橡皮擦：「就是嘛，這樣不行的，擦擦擦。」

鉛筆：「知道啦，我不是說會好好的寫嗎？沙沙沙。」

就這樣子很認眞地去參觀橡皮擦工廠。

我們所拜訪的「Rabbit橡皮擦」工廠建在奈良縣大和郡山市，郊外廣大工業區的一隅。光是「Rabbit」的工廠占地就有三千七百坪，看起來相當寬廣。「Rabbit」於昭和四十年（一九六五年）把工廠從大阪遷到當地來營運。因爲奈良縣說起來幾乎沒有什麼產業可言（不過，老實說這種地方也正是奈良的優點），縣方製造了有利環境條件以誘導大都市近郊感覺空間已經不夠用的公司、工廠遷來。因此「Rabbit」的旁邊是「House食品」，後面是「松下電器」，這種情形要說有趣也眞有趣。開車在這種地方繞一圈時，會覺得世上眞是有各種工廠啊，不可思議地感動起來。當然世上既然充滿了這麼多的物品，有很多製造這種物品的工廠，要說當然也是當然的，不過因爲最近的大都市——尤其是東京——幾乎已經看不見大工廠了，所以住在那裡會有一種錯覺，以爲世間好像是以消費爲中心在運作著。這跟一九五〇年代末期到六〇年代都市近郊的田園風景逐漸消失的過程很像。或許不久之後東京的小孩會被迫陷入即使想參觀工廠也辦不到的狀況。

說到「Rabbit」，是一家專門製造橡皮擦的廠商，像這種製造自家品牌橡皮擦產銷的大廠商，全國有四家左右。其他也有幾家像玩具商的下游包商在製造的，不過所謂「廠商」則只有這四家公司。不過話雖這麼說，這所謂四家的數目到底是多是少，恐怕您也不清楚吧？我就不太清楚。既不知道一億一千萬日本國民到底一年之間消費多少橡皮擦，不知道廠商到底供給多少橡皮擦，光去想頭就開始痛起來了。所以如果四大橡皮擦公司能夠同時並存各自營業，各自提高收益的話，只能想成「那就是這麼回事了，唉！」看開一點吧。據說這家「Rabbit」工廠一天大約製造三十五萬到四十萬個橡皮擦，其他就讓各位自己去隨便計算、想像吧。

【橡皮擦工廠的祕密】

橡皮擦工廠裡有祕密嗎？如果要這樣問的話，當然有祕密。原料混合的比例是重要機密，技術革新也關係著各公司的存亡。所以我們去採訪時，一下說：「這個產品名稱請不要寫喲」，一下說：「這對公司外部要保密」之類的。說到「橡皮擦工廠」時，我們腦子裡往往會浮現把橡皮適度切成一塊塊就說：「完成一塊了」似的，非常簡單的戰後民主主義風的樂天工廠，不過事情並沒有那麼簡單。世間已經變成非常麻煩複雜了。

這是我們的第一個失算。

換句話說，「只要實際去到現場，看過、聽過說明後，就會很快弄清楚區區一個橡皮擦工廠的結構了吧」以為沒什麼了不起，結果卻被一百八十度完全推翻。何況我跟水丸兄和編輯的綠小姐對物理、化學方面都完全外行，因此越聽說明，越糊塗起來，終於沉進「他在講什麼？」的黑暗泥沼底去。水丸兄居然還擺出一副「我只要把圖畫出來就行了，其他我可不管」的涼快臉色，但我和綠小姐卻已經嚇得臉都綠了。

「這玩意兒我搞不懂啊。」

「哎呀，眞傷腦筋哪，嗚嗚嗚！」

落到這個地步。

本來我們對「橡皮擦工廠」的認識本身就錯了。因為這家工廠所產製的橡皮擦百分之八十五是塑膠製的，這已經不能稱為橡皮擦了。正確說用英語應該是eraser，日語則應該說是「字消」。

「眞傷腦筋，居然不是橡皮呀！」

而且對於已大幅減少成只占百分之十五的橡皮擦來說，只用到微乎其微的天然橡膠，其他全部用的都是合成橡膠。

「眞是服了，居然是合成的。」

然而橡皮擦所含的所謂橡膠量，只不過占全體的大約百分之十左右，其他的百分之九十都是黏著材料用的藥品。

綠：「嗚嗚嗚。」

春：「別哭了，聽他說明吧。」

玉（玉兔牌的玉）（譯注：「Rabbit」工廠的名稱，在此譯爲玉兔牌）：「首先是菜子油。就是這個。在菜子油裡加進氯化硫的液體，使它產生連鎖反應並固態化，然後再把那粉碎，這大約是含量的百分之五十左右。」

春：「噢。」

綠：「嗚嗚嗚。」

玉：「讓氯化硫中的硫和菜子油的分子連接起來，讓分子逐漸變大而固化。把這個這樣磨碎，就叫作填充料。」

春：「好像豆腐渣一樣。」

玉：「還有……這個是×××（對公司外保密），是礦物油的一種。總之光是在這裡的就有大約三十種材料，把這些調和混合起來。」

春：「哦。」

綠：「嗚嗚嗚。」

玉：「所謂橡膠就是這樣的東西。首先變成纖維狀，在物理上再把纖維切割。然後用硫磺把那纖維這樣接合起來。這邊也是這樣接合，這樣子接合起來之後，原來的形狀，比方加溫到一百度左右，這個就會變得軟趴趴的，變成不能恢復原來的形狀了，用硫磺很容易就可以黏接起來。」

春：「……」

玉：「剛開始只用硫磺接合橡膠的分子。但這樣的話，對成分一百的生橡膠大約放十左右的硫磺，要花上兩小時才會變硬。於是加放催化劑，也就是放入加速這黏接作用的藥劑。這大約放百分之一的比例。此外，還有所謂碳酸鈣。簡單說就是石粉。還有，那黃色的就是硫磺。此外還放氧化鋅和石灰，不過這又是爲了幫助剛才那促進作用的催化劑。所以，如果不放這三種東西的話，加硫就沒有效。二十分鐘、三十分鐘這樣短的時間還不會產生加硫的效果。」

春：「原來如此。」

話雖這麼說，這樣的說明還是無法令人完全理解。雖然不是我自誇，不過在高中化學課的時間，我一直在努力讀完河出書房出版的世界文學全集。當初怎麼會想到有朝一日當了小說家之後還要來聽這橡皮擦製法的課呢。

不過也好，重新調整心態試著來簡單總括一下吧。爲了容易理解，我們完全不去想「塑膠字消」，只試著來考察看看使用合成橡皮的「橡皮字消＝橡皮擦」。到目前爲止我已經弄清楚是這樣：

(1)合成橡膠、天然橡膠、其他各種藥品稀哩呼嚕地全部混合起來（詳細混合內容則是祕密）

(2)把這些用硫磺黏起來

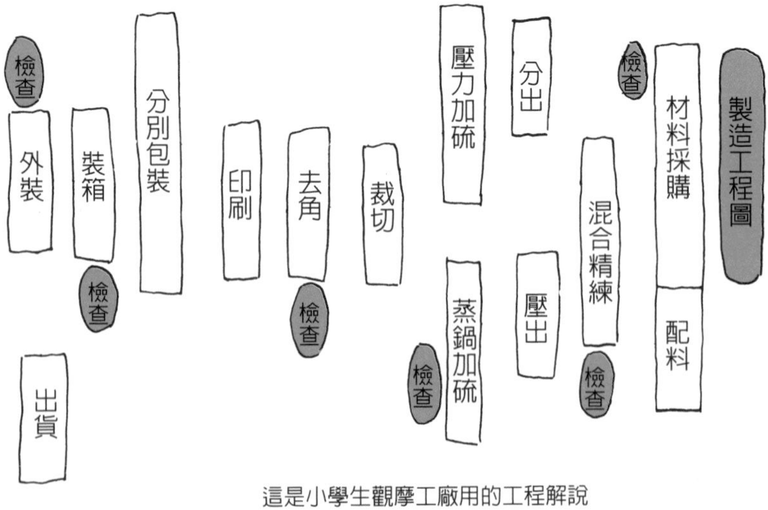

這是小學生觀摩工廠用的工程解說

（3）完成橡皮擦

就這樣。塑膠字消的製造原理又跟這完全不同，工廠的廠房也分開，機械也完全不同，因爲太麻煩了所以不提。如果有人說：「不行，我一定要知道塑膠字消」，很抱歉，請自己到大和郡山市去參觀學習吧。

「因爲我很笨只能搞懂一種啊，沙沙沙。」

「唉，別這麼想不開，擦擦擦。」

一面這樣唱著單人相聲，一面移到實際的工廠觀摩。首先是用金屬探知器檢查是否帶有武器，再穿上抗輻射的衣服……並沒有這回事，只是悠悠哉哉地踏進工廠裡而已。因爲製造的東西是和平的，看的人這邊和被看的人那邊都不太緊張。這使我想起小學時代學校常常帶我們去參觀工廠的情形，相當輕鬆愉快。實際上，據說這家「玉兔牌」工廠也經常有小學生來參觀。不過小學生似乎比我更能掌握製造原理的樣子噢。嗚嗚嗚。

這是個明朗的工廠。空間寬闊天花板高高的，窗戶也很大。和寬闊的空間比起來工作人數卻很少，因此甚至有一種相當空曠的印象。如果你期待橡皮擦工廠有像《閃舞》電影片頭那樣的光景，那就大錯特錯了。橡皮擦工廠既沒有令人窒息的熱氣，沒有震耳欲聾的機械聲，也沒有「喂喂，礙手礙腳的，走開走開！」之類粗魯的態度。那邊一面康吭康吭地發出無依的聲音，這邊一面有人神情憂鬱地切著橡皮，輸送帶無精打采地迴轉著，這種樣子，猛一看雖然開始擔心：「是不是因爲不景氣，使業務量縮減成三分之一了呢」，但並沒有這回事，橡皮擦工廠這種地方就算好好認眞作業也就是這種樣子。大概屬於那種即使拚命工作也不太顯眼的那型工廠吧。我想起高中時候班上好像也有幾個這種類型的同學。

入口附近有材料倉庫，這裡堆積著各種橡皮和藥品，散發著獨特的強烈氣味。把這些全都混在一起攪和起來就是所謂的第一階段了。

「是的。這些材料依照配料表確實秤好重量，放進這叫作密閉混煉機（banbury mixer）的機械去混合煉製。材料依照順序放進去。順序不可以搞錯。」

所謂banbury mixer是什麼樣的東西，我也搞不清楚，就像焚燒爐又像蒸汽機般笨重的機器，給我的印象還滿好的。好像在說：「我叫作banbury喲，」般，可以感覺到一種沒有裝飾的純樸。讓你不禁也回他一聲：「加油啊，班班」……。

……。

總之用這banbury mixer混合、精煉——到這裡爲止應該懂吧？其次把這精煉好的東西放進所謂「兩個滾筒」的機器上，所謂「兩個滾筒」，也就是從兩個滾筒之間滾出變成薄薄一張混合精煉好的橡皮薄片。從前沒有脫水機時代的電動洗衣機，就是用這種手轉式滾筒做絞水脫水裝置的對嗎？就跟那一樣的原理。

「用banbury mixer所攪拌混合的東西，會產生混勻的部分和未混勻的部分，因此將那塊狀放進這滾筒中輾煉均勻，然後壓成薄片以便容易進行往後的工程，捲成適度的大小。」

兩個滾筒的出口有一位歐吉桑一手拿著刀子，把送出來的橡皮薄片咻一下適當地切下，再把那薄片像地毯般捲起來。手法非常俐落，看著都覺得很愉快。有了這種一看就明白的作業後，看的人這邊也覺得輕鬆多了。

「咦，溫度有七〇度左右。夏天工廠相當熱噢。」

於是，煉出來的東西變成薄片狀。這也可以懂吧？那薄片在這裡稍微休息一下，就這樣放著一天不管。爲了不要有不均勻產生而放著順其自然。不過混合並不是到此爲止。必須放進所謂mixing roll（混合滾筒）的機械去攪拌。不過橡皮也眞辛苦，被攪拌得稀巴爛，被擀開，以爲終於能喘一口氣時，卻又要開始被攪拌起來。然後被施加所謂的分出機，製成橡皮

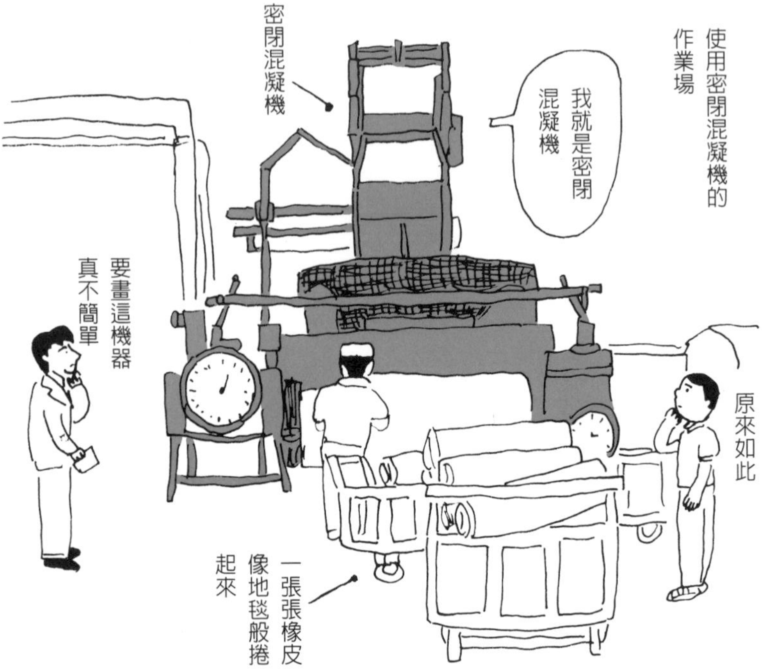
使用密閉混凝機的作業場
我就是密閉混凝機
密閉混凝機
原來如此
一張張橡皮像地毯般捲起來
要畫這機器真不簡單

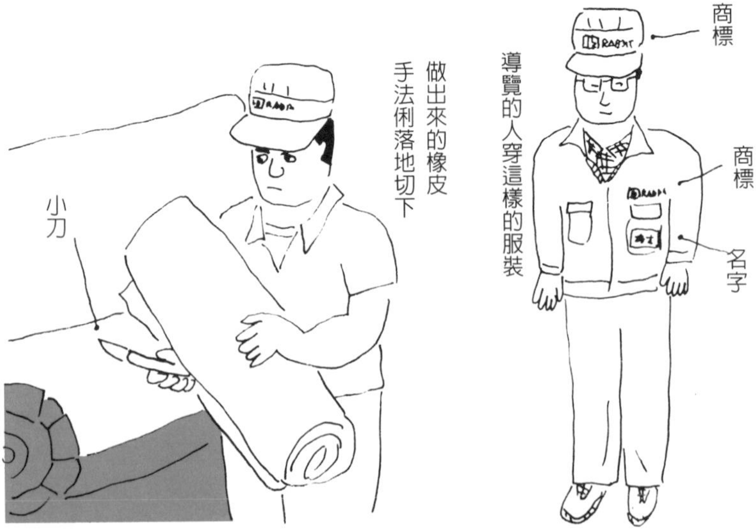
商標
導覽的人穿這樣的服裝
商標
名字
做出來的橡皮手法俐落地切下
小刀

擦所擁有的，厚度像擀麵皮似的薄片。我想還有更詳細的說明，不過因爲我也不太懂所以在此省略。總之這樣第一階段所謂「原料的混合、精煉」終於很恭喜地結束了。這比喻雖然很奇怪，不過到這裡爲止就像來到「讓女孩子喝了酒，帶到賓館去，讓她躺在床上，關了電燈」的地方。化學不行的人也請再忍耐一下，快好了，努力跟上來吧。

（複習）

（a）banbury mixer（混合）
（b）兩個滾筒（擀平）
（c）mixing roll（再混合）
（d）分出機（整型）

這樣子。

到這裡爲止還可以嗎？不過這東西還眞累人噢！

其次第二階段——移到所謂「加硫」的工程。

從分出機分出來擀好的麵皮似的橡皮薄片，就像在做西點時一樣放在平平的金屬模具中一直安靜等著。硬度也和剛春好的糯米糕一樣，黏黏軟軟的。甚至讓你覺得好像沾上蘿蔔泥或什麼吃起來一定很美味吧，當然其實不可能美味，就算當橡皮擦也太軟了沒有用。所以要讓這適度變硬，就是這加硫工程的作用。說明得更容易懂一點就是──要說明得容易懂時就會流於卑俗是我的文章的困難點──能變硬則這邊贏，的階段。

至於，具體上要如何變硬呢？把橡皮薄片放進叫作加硫鍋的機器中，蓋上蓋子，採用間接加熱的方式以蒸汽加熱模具。這稱為壓力加硫。

春：「只要加上水蒸汽就可以嗎？」

玉：「是啊，因為硫磺在配料的階段已經加上去了，一經加熱便會形成三次元結構而變硬。溫度因產品而異，大約從一三〇度到一五〇度。於是，你看，就變成這麼硬了。剛才還那樣軟趴趴的。」

春：「原來如此。」

再附加說明一點就是，

(1) 分出→壓力加硫

和以上工程平行並進的，也有所謂

(2)壓出→直接加硫

的工程，不過照例爲了乾脆一點，在此省略。我想大概說就是，(1)只要把正統的橡皮擦，(2)想成是製造形狀特殊東西的工程就好了。

說到加硫鍋也許會令人想像成很不得了的裝置，其實不如稱爲五段加壓機，看來也是極純樸的，像做炸豆腐的沒什麼了不起的機器，只是發出咻克咻克的聲音而已。但這機器一天可以製造出二千到三千張六〇公分×六〇公分的橡皮擦薄片產品，因此也許是比外觀了不起的東西。細節必須對外保密。不過眞的猛一看就像做炸豆腐的機器一樣。

加硫後的橡皮薄片用輸送帶運過來，先浸到水裡去，讓它冷卻。

春：「就跟烤鰹魚的作法程序一樣嘛。那麼，橡皮擦是不是大致已經完成了呢？」

玉：「不，接著還有所謂的yo-jo階段。」

春：「yo-jo？」

玉：「就是養生嘛。換句話說一個晚上也好，如果不讓它好好的睡上一個晚上就安定不下來，橡皮這東西。讓它冷卻安定下來，才能確實決定尺寸。」

這種感覺對於像我這種擁有非科學性頭腦的人也很能理解。對於橡皮擦來說今天這一天

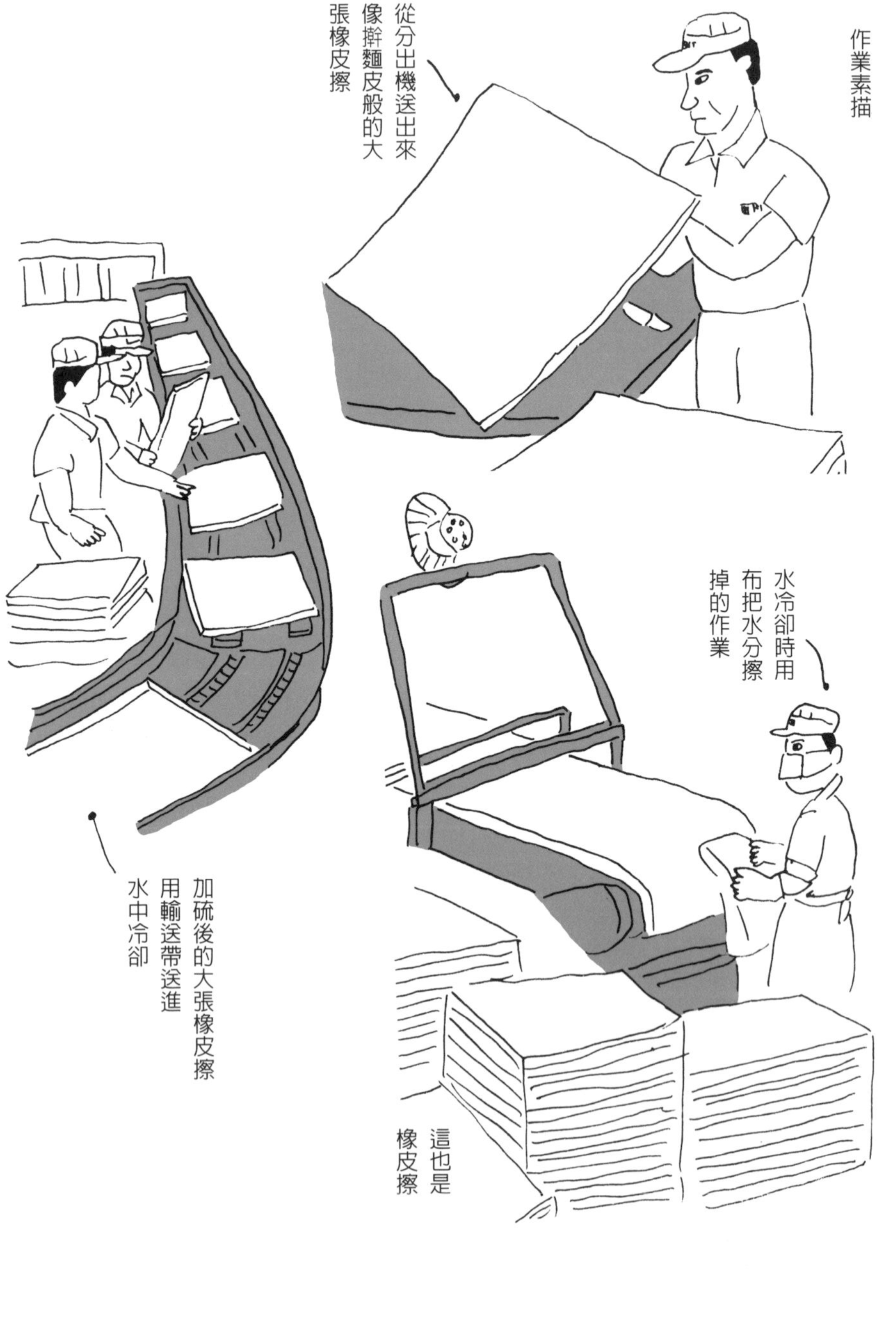
作業素描
從分出機送出來像擀麵皮般的大張橡皮擦
水冷卻時用布把水分擦掉的作業
加硫後的大張橡皮擦用輸送帶送進水中冷卻
這也是橡皮擦

水丸所想像的去角後的好好先生的臉

正在去角機旁採訪的村上、水丸

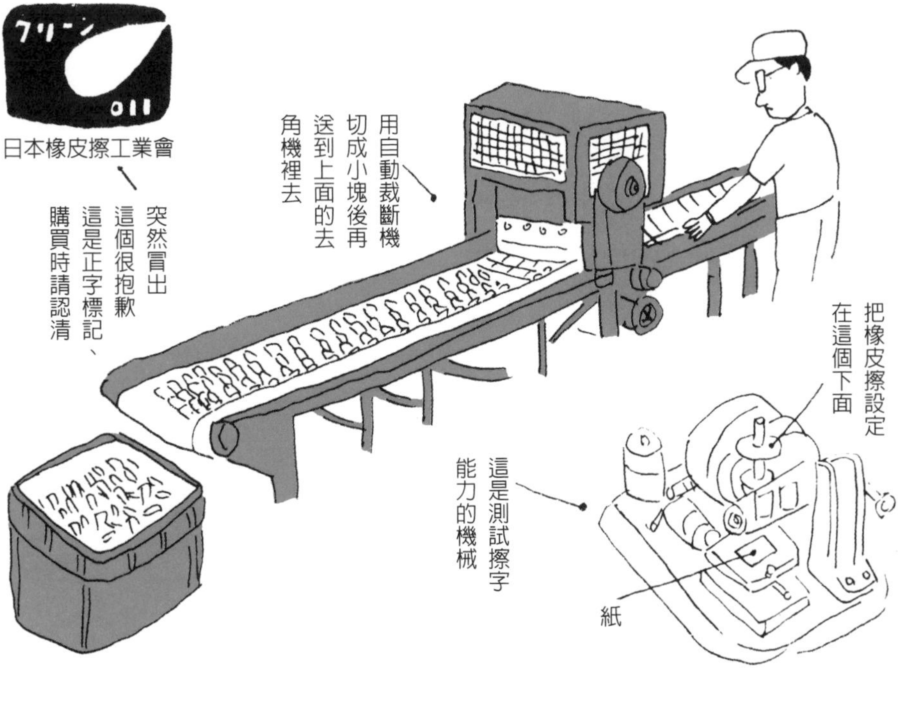

日本橡皮擦工業會
突然冒出這個很抱歉這是正字標記、購買時請認清
用自動裁斷機切成小塊後再送到上面的去角機裡去
把橡皮擦設定在這個下面
這是測試擦字能力的機械
紙

也眞是「好辛苦的一天」。被推來擠去，被拉長，被一五〇度高溫熱蒸，又被泡到冷水裡面，眞是累慘了。所以就算他們說：「我們要睡覺了。其他的事我可不管了」於是蓋起棉被蒙頭大睡，誰又能責備他們呢？工廠角落裡這種「我不管了」式的橡皮薄片好像縮起身子，正在貪享最後睡眠似的。其中或許混有一片還在撒嬌說：「我的心還熱熱的，睡不著呢」也不一定，不過橡皮擦的心情我也不太瞭解。總之他們就那樣被堆積在那裡。

話說回來，就讓他們睡吧，我們要去看看睡飽了安定下來，也就是已經養生完畢說：「啊，睡得眞好！」的橡皮薄片所跋涉到的最後一步工程了。

春：「要把薄片切小對嗎？」

玉：「對。現在你們所看到的是粗砂橡皮擦（兩端不同顏色，分別是墨水用和鉛筆用），就像那樣首先用機械斜斜地切。爲了讓厚度一致又將正反面加以研磨。這樣一來達到一定厚度了，才用這機械自動裁斷切成一小塊一小塊。然後在這裡，篩選淘汰出形狀太小，或歪掉的。」

春：「要去掉相當多噢。」

玉：「接的地方比較會有這種情形。所以我們要把那再搗碎，一點一點的回收利用，要不然一個就不可能賣這個價錢了。」

那麼，接下來要做去角。這個就像字面上讀起來的那樣，要把剛剛裁斷、銳角還有稜有角鋒利無比的橡皮擦的各個角角去除的工程。我把這機器私下命名為「好好先生機」。「好啦好啦，你們的心情我不是不知道，不過可不可以在這裡稍微收斂收斂，變得稍微圓融一點哪？嗯，怎麼樣？」像笠智眾（譯注：電影中常扮和事佬的演員）那樣圓滿勸說。年輕氣盛的橡皮擦「既然歐吉桑這樣說了，也只好這麼辦啦」於是收斂下來，這全靠他德高望重的人緣。

「好好先生機」是非常單純的機器，也就是把橡皮擦丟進去團團旋轉而已。在團團旋轉之中橡皮擦乒乒乓乓碰到周圍的牆壁，角角自然就去掉了。原來如此。

春：「做得眞好。」

玉：「是啊，就像河邊的石頭越沖到下游會變得越圓一樣的原理。」

春：「大概要轉幾分鐘呢？」

玉：「不同的東西不一樣，有的要轉五小時左右。這個機器周圍是這種金屬網的。那邊的周圍是木頭的。各有不同的上磨法。像擦墨水的橡皮擦，如果不用金屬的硬東西來磨的話還磨不動，因爲那種橡皮比較硬。擦鉛筆的橡皮擦比較軟所以用木頭的來磨。」

我想我大概會被放進那金屬的磨子吧。被轉個五小時後放出來角度已經完全磨圓了，人家說「笑一個」，便「嘻」一下。也無所謂了。

就這樣，從「好好先生機」出來的可以說是橡皮擦完成品，被送到別棟的加工廠去，印上商標，包上玻璃紙，裝進紙箱裡去。

春：「這些一定要一塊一塊用玻璃紙包上才行嗎？」

玉：「不，我也覺得是過度包裝，可是小孩子在店裡總是到處亂摸。這樣一來，零售店方面會說一旦弄髒的東西就失去商品價值了。某種意義上包裝也是爲了防止這個。」

春：「不過，這樣一看，好像橡膠製的很少，幾乎都是塑膠製的嘛。」

玉：「是很少。國內幾乎已經不出橡膠的了。只有粗砂橡皮擦。排在這裡的是橡膠用的印刷機，動得多的時候會用到一台，每天各有不同，有時候幾乎沒有動到。這邊的是塑膠用的，每天都處於滿載狀況。」

雖然說榮枯盛衰本來就是世間常態，不過橡膠擦用的印刷機靜悄悄的，看來有一點寂寞的樣子。我們所看到的橡膠橡皮擦工廠，跟另一棟塑膠橡皮擦工廠比起來還是可以感覺力道

RABBIT 玉兔牌的各種產品

柔順的擦字滋味
兒童也容易使用

國產和舶來品共25品牌
橡皮擦品質競賽證實
品質卓越的產品

最適合製圖、事務用，這種材質輸出到西德等世界各國

出口用學習英文字母的圖文對照橡皮擦

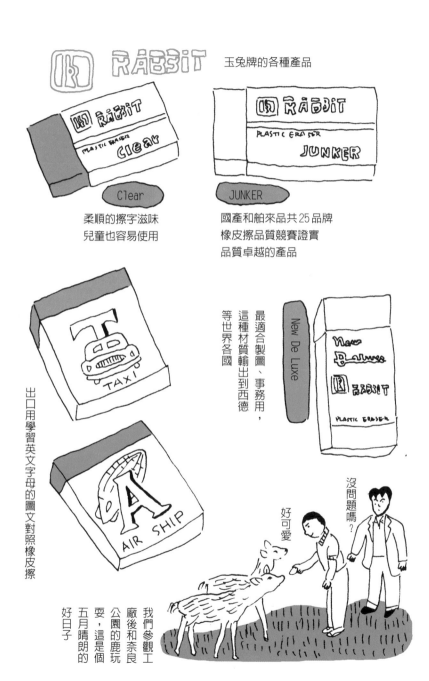

我們參觀工廠後和奈良公園的鹿玩耍，這是個五月晴朗的好日子

弱了一點。希望橡膠橡皮擦能稍微加一點油……話雖這麼說，不過我在家裡用的終究也是塑膠橡皮擦啊。

雖然世間有所謂的榮枯盛衰，一段時期所流行的造型橡皮擦終究也會過氣，還是正統形的東西又成爲主流。「玉兔牌」公司的經營方針，因爲完全不碰變形的東西，一路走來只做正統派路線的，因此首先就不會受到流行變化的傷害。所謂正統派路線就是⑴不做以橡皮擦來說不自然的形狀⑵不加過度的香味⑶不採用像食物的味道與形狀，我想確實也應該是這樣。如果有香蕉形狀香蕉味道的橡皮擦的話，我想小孩子絕對會咬下去的。豈只是小孩子或許連我都會咬下去。如果有烤鰹魚形狀和氣味的橡皮擦的話，我想一定也會咬下去。

所以「玉兔牌」的型錄上當然只有普普通通的商品而已，雖然如此，在我們眼裡看來，出口用型錄上的商品還是比國內用的顯得簡單多了，更有魅力多了。在外國，從前的簡單橡皮擦到現在似乎依然深受歡迎。看到這種情形或許是年齡的關係，我忽然想到：「好懷念啊，這才叫橡皮擦嘛」。尤其在美國，文具和教科書一樣是免費發給小朋友的，所以一定要既簡單又耐用的。

我最中意的是，爲東南亞製造的「ＡＢＣ橡皮擦」，這雖然是塑膠製的，不過畫卻是老式的非常可愛。例如A的畫著太空船（AIRSHIP）的畫，Z則畫著斑馬（ZEBRA）的畫。這每個英文字母都有。我想這在日本賣應該也會很受歡迎吧。

……就這樣，製造橡皮擦從頭到尾的過程我們都一一認眞追蹤過後，說到參觀感想，就像我在最初說過的那樣，世界正在逐漸往我們所無法瞭解的方向繼續前進。連像橡皮擦這種使用者方面幾乎都沒留意過的，那種富於結構性，猛一看很單純的產品，這幾年來製造過程也有了急遽的改變，機器已經換了幾代，連「橡皮擦」這個稱呼都要化成徒具形骸的東西了。而且這種趨勢往後還會繼續下去。緩慢的日幣升値對出口用的橡皮擦衝擊相當大，工廠為了合理化的一環也趨向轉而採用LSI（譯注：large scale integration，大型積體電路）的電腦化新系統。而且不久之後，連橡皮擦工廠的結構或許都將變成我完全無法理解的黑盒子了。而那時候或許連所謂的「觀摩工廠」的字眼本身都要消失了也不一定。

不過幸虧，在一九八六年五月這個階段，我總算能大概理解橡皮擦的概略製造程序。在國內幾乎已經不再被消費的落伍消字橡皮擦的製造過程……。不知道各位讀者是不是一樣也理解了？

經濟動物的午後

小岩井農場

嗯，氣候差不多也變好了（現在是六月初），要不要到牧場去採訪牛乳從開始到完成的製造過程？很好啊，就這樣我們以相當輕鬆的心情來到位於岩手縣盛岡市郊區的小岩井農場，不過當然，世上還有很多跟我們同樣想法的人，因此農場方面對接待觀摩學習的人已經相當熟練了。

我們向「小岩井乳業」東京總公司申請採訪許可時，對方說「各位蒞臨以前請先瀏覽這個，先有個概略的瞭解」，並交給我們兩捲錄影帶和兩本書，還有一大堆資料。錄影帶是在NHK播放過的採訪節目錄影，書則是《綠色牧場之歌——小岩井農場的故事》（小學館的寫實童話・適合小學低年級）和《小學生・社會科觀摩系列⑥・牧場的工作》（**Poplar**出版社）。**Poplar**社的書卷末甚至附有「學年別觀摩重點」表，這眞有意思。例如：

◎水田和旱田的工作（二年）

・牧場是利用什麼地形和氣候經營的？

・牧場所生產的產品是以什麼方法被運到什麼地方的？

其他，還有可以提出什麼樣的問題之類的，都誠懇而詳盡地寫著。還寫著「不可以餵牛吃糖果」之類的注意事項。嗯哼，原來如此，一面讀著一面感到非常敬佩。我雖然已經參觀過幾家工廠了，但像這樣事前給這麼多資料的地方還很稀奇。

我大多沒有事先過目這類資料就直接到現場去，從最初「啊，這是什麼？」開始，不過這次例外。在參觀之前我想先跟各位一起來做個總括預習。偶爾這樣做做功課也不錯吧。

【小岩井農場沿革】

小岩井農場於明治二十四年（一八九一年），由當時的日本鐵道會社副社長・小野義眞、三菱的大家長・岩崎彌之助、鐵道局長・井上勝這三個人所創立。因此各取三人姓氏的第一

日本鐵道會社
副社長
小野義真

鐵道局長
井上勝

小岩井農場由
這三位創立

三菱第二代社長
岩崎彌之助

小岩井農場產品
的商標

放牧地後方看得見岩手山(2,041m)

小岩井農場相當受迎的SL飯店和SL俱樂部會館

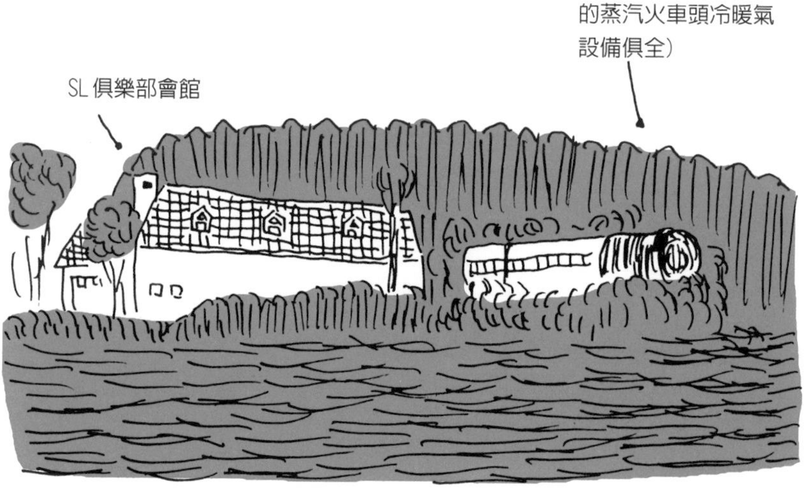

字命名為小岩井農場。雖然井小岩農場，或岩小井農場也沒關係的，為什麼會變成小岩井我也不清楚。也許是以年齡順序排列，也許純粹只是語音上好唸。

順序上是井上先生為了鋪設鐵路來到盛岡時，看見廣大的平原想到：「在這裡創立一個眞正西洋式的牧場吧」，於是跟小野先生商量的結果變成：「那麼就請三菱的岩崎先生出錢吧」，岩崎先生聽到這件事，一面在庭園裡餵著鯉魚一面說：「好吧，錢就交給我來辦」一口承擔下來。就這樣開始經營起農場了，不過因為在日本這還是第一次嘗試，因此並不順利，赤字連連，結果農場變成由岩崎家來經營。這是明治三十一年的事。

不過漸漸地，牛的頭數增加，經營也上了軌道，昭和十三年成為「小岩井農牧公司」，「從此以後便成為我國唯一以公司組織經營的綜合農場，發展成今日讓世人刮目相看的規模」（公司資料）。首先十分恭喜。

總面積二六〇〇公頃（這麼說也很難想像吧，據說也就是有山手線環狀電車路線內側那麼大），其中七〇〇公頃是農業用地，其他是山林。現在分成「小岩井農牧」和「小岩井乳業」兩家公司，農牧方面公司職員約一七〇人，牧場中也有ＳＬ火車頭飯店（譯注：steam locomotive hotel，利用蒸汽火車頭和車廂改造成的旅館），可以帶著全家人到這綠色牧場來度假。眞是個相當不錯的地方。

我有生以來第一次搭東北新幹線，在盛岡下車。東北新幹線的優點是車站便當很好吃，缺點是風景一點都沒什麼趣味。香菇飯之類的便當相當美味。水丸兄，你看，便當噢，你別老是睡覺，來吃吧。嗯啊，好睏哪，我昨天沒睡覺。可是便當噢，你看，這樣之間轉眼就到了盛岡。

＊

我們搭計程車往雫石川的上游走，大約三十分鐘左右來到了農場。縣道居然直接貫穿到農場裡去也很不簡單。兩側出現廣大的牧草地，眼前只見錯錯落落的牛群和羊群，以前我住在千葉縣船橋市時，附近有五百坪左右的牧場（那個，與其說是牧場不如說是牛欄的感覺），裡頭有十頭左右的牛總是不高興地躺著，比較之下這裡地眞大。不愧為日本第一。空氣清新，周圍靜悄悄的，只有樹林間偶爾傳來鳥啼聲而已。

我們把行李放在牧場裡小木屋風味的飯店房間，稍微休息一下，就在小岩井農場酪農部的菊池先生引導下到牧場去參觀。剛才已經說過牧場非常大，因此設施與設施之間必須靠車子來移動，道路鋪得非常漂亮。

——牧場裡面有這麼寬的道路，眞不簡單哪。

菊池：「是啊，變成飆車族愛聚集的地方了。也就是說這裡是縣道，任何人想進來都可以進來。而且是收費道路，你們來的時候看到有收費站吧？錢收到縣裡去，沒有進到農場來。夜裡因爲那一帶沒什麼人，所以飆車族很猖獗。」

——應該會吵到牛吧？

菊池：「嗯，不過沒有進到這邊來就是了。幾年前有人晚上要進到遊樂場，所以那邊圍起鐵鍊，結果有人脖子被鍊子卡到死掉了。」

——現在已經是「Mad Max（衝鋒飛車隊）」的世界噢。何不放兩、三頭牡牛讓牠們去值班站崗怎麼樣？

菊池：「……（怎麼搞的，這是什麼採訪？這樣似的無力地笑一笑）。最近自動販賣機一一被破壞掉，治安還是不太好。」

——半夜有沒有人會偷牛？

菊池：「那倒沒有（這種事情不可能有吧）。」

犢牛舍

喜歡法國菜的朋友我想經常可以在菜單上看到這個字，所謂犢牛就是小牛的意思。剛剛出生的小牛立刻被從母牛身邊帶開，就像奧立佛・托斯特（譯注：《孤雛淚》（*Oliver Twist*）的主角，是個可憐的小孤兒）一樣，跟其他小牛一起被放進這犢牛舍裡養育。這裡的牛都是豪斯坦（譯注：Holstein，荷蘭種乳牛），所謂豪斯坦是爲了擠奶用的牛，所以除了母的以外就沒有必要，不過生下來後的兩個月都暫且在這裡好好餵奶保育。然後從牡牛中選出二、三頭作爲種牛候補生，其他的在五、六個月時便去勢，二十個月時以肉牛處分。在那個時點被處分的牛就作爲牛排之類算是高級的肉被吃掉。還滿嚴苛的。

建築物是舊的木造建築，挑高極高，有普通建築物的三層樓那麼高。就像飛機倉庫那樣橫向長條形，紅色石棉瓦的屋頂上設有採光用的凸窗和換氣口。隔鄰建有兩棟相當有風格的紅磚飼料儲存庫（silo）。

——小牛一生下來就被帶離母牛嗎？

聽得見島啼聲
瞭望著遼闊牧場地的我們

割過牧草後成條紋狀的牧草地風景
將牧草收成
一束一束

菊池：「是的，以前還讓牠們留在母牛身邊一星期左右。因爲成分的關係產後一星期左右牛的初乳不能出售，所以那個時間就讓牠們在一起，可是發生過各種事故，此外也爲了作業方便，現在一生下來立刻就把牠們分開。我們用人工哺乳。把剛擠來的奶用這樣讓牠們喝。」

走進牛舍時通路兩旁排著整排小牛，以認眞的臉色默默吃著草。我看牠們吃時心想「這種東西眞的好吃嗎？」很有疑問，不過小牛們卻一副「好好吃噢」似的拚命吃著。雖說是小牛但到了可以吃草時，身體也已經相當大了，不覺得像小孩子。以人類來說就像國中生・高中生左右，正以「喂，阿伯，人家在吃東西你幹嘛那樣盯著瞧嘛？」的眼神小心防範地瞪回來。這種「吃草的」小牛在柵欄裡接連排成一列，而更小的小牛則被一頭一頭分別放進小牛欄裡，用桶子餵母乳或特別的飼料給牠們吃。也有剛剛生下來，還站不穩而躺在草地上的。每頭小牛頭上，都掛著名牌。

——這是像戶籍一樣的東西嗎？

菊池：「是啊。血統——也就是牛這東西父系和母系的名字必須弄清楚。這個，還要登記。有登記的協會，只要申請名字，他們就會寄登記號碼來。」

稀奇的木造四層樓倉庫依然保留著

——一頭一頭都要命名也眞不簡單。嗯，這頭叫作「小岩井 King Popular Flora」……好長的名字啊。能不能簡單一點，中曾根康弘之類的？

菊池：「其實這樣也沒關係，只是同樣的名字會出現很多。我們這裡一年之間光是牝牛就至少生出兩百頭以上。」

——結果，就變成附有雙親名字的現成名字。這頭叫作「小岩井・鮑伯・潘琪・芬蘭」的，父親是「太平洋・鮑伯」母親是「小岩井・潘琪・芬蘭・貝爾」，這 86-23 是指什麼？

菊池：「這是我們給牠們的號碼。整理上方便的號碼。」

——生日是六十一年二月十日。才四個月嘛。

菊池：「嗯，牛的情況要成年，大約需要十六、

七、八個月，所以還早呢。」

——名牌下方有一項所謂「能力指數」。上面沒寫什麼數字。這是指什麼？

菊池：「有所謂的**乳量**。牛的情況以三〇五日爲公定紀錄的基準。以這個得出從一頭牛一年搾取八千公斤、九千公斤牛乳的數字。其次有所謂**乳脂率**。指脂肪濃或淡。數字有三．五，或四。例如九千公斤的三．〇的話，可以採得的乳脂量是二七〇公斤。這以某個係數來除就得出**能力指數**。根據這數字來比較牛的能力。」

——就跟人的成績一樣噢。牛到死以前都要背負這名牌和能力指數嗎？

菊池：「是的。就算在不同牛舍間移動，這名牌還會一直掛在身上。」

換句話說，在這裡牛的存在價値就集中在一年能產出幾公斤濃濃牛乳這一點上。而且當然每一頭牛的評價就只落在這一點上。性格如何、長相如何、藝術才華如何都完全不成爲評價的對象。例如假定有一頭牛對自己的能力指數感到不滿，而跑到養牛的歐吉桑那裡去說：「嘿，歐吉桑，雖然我的奶子擠不了多少奶，可是我在朋友間評語很好噢。大家都很信任我。」就算這樣，歐吉桑也只會當耳邊風「噢，是嗎？」而已。一定不會理她。如果這頭牛的能力指數是一九二的話，不管這頭牛怎麼要花招，也改變不了是一九二牛的事實，除此之外什麼也不是。

名牌大致如一二二頁下圖，右下方畫著牛的斑紋。這斑紋就像人的指紋一樣，對識別牛具有ＩＤ卡也就是身分證般的作用。如果是全黑的日本牛呢，就完全不可能，但據說因爲豪斯坦牛每一頭的斑紋都各有不同，因此對管理的人來說倒很輕鬆。這方面我覺得牛也有一點可憐。要是我的話眞想用簽字筆或什麼把斑紋塗改掉變個裝逃走，雖然我不禁這樣異想天開起來，不過牛當然不會動用這種小聰明。

小牛出生三、四天時開始餵初乳，接下來的四十天左右則開始餵人工牛奶。然後吃乾草和調配的飼料。大約十六個月小牛終於告別小牛時代，開始交配。

正如大多數的小動物一樣，牛還小的時候也非常可愛。有的小牛喝完牛奶之後，還咬著柵欄的橫木啾啾地吸吮著，這跟人類的吸奶完全是同樣的行爲。你一伸出手時，

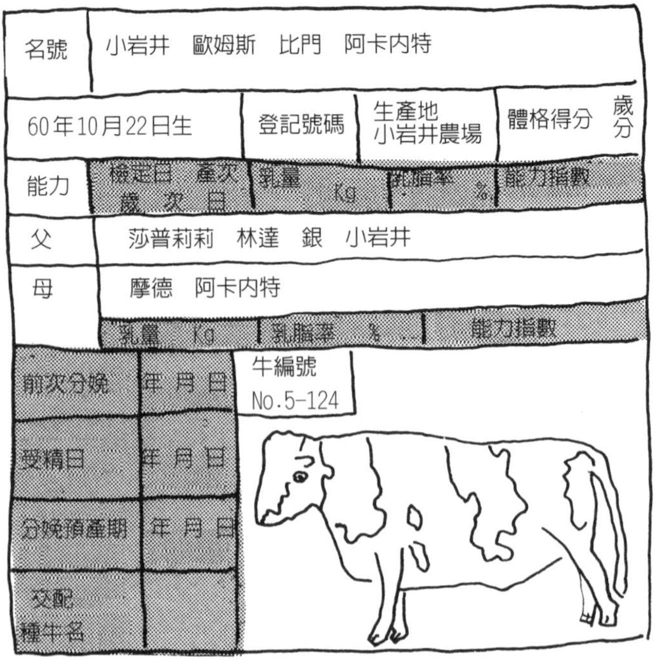

名號
小岩井　歐姆斯　比門　阿卡內特
60年10月22日生
登記號碼
生產地
小岩井農場
體格得分
歲
分
能力
乳量 Kg
乳脂率 %
能力指數
父
莎普莉莉　林達　銀　小岩井
母
摩德　阿卡內特
乳量 Kg
乳脂率 %
能力指數
前次分娩
年 月 日
受精日
年 月 日
分娩預產期
年 月 日
交配
種牛名
牛編號
No.5-124

各小牛身上掛的名牌

小牛果然一直啾啾地猛吸到你五根手指的根部一帶爲止。這倒很有快感。嘿，水丸兄，很舒服噢，你也來試一試吧。不，我對動物不行，你也眞是的，居然能做那種事……。

擬牝台

所謂擬牝台到底是什麼，我相信您一定不知道吧？直截了當地說就是牛用的Dutch wife（譯注：代用假女人），人們利用這個讓牡牛射精，以採取精液。假的牝牛。

好像會出現在尙皮耶・梅福（Jean-Pierre Melville）的電影的那種色調不清楚，天花板高高的空曠房間正中央，放著擬牝台。猛一看好像是體操器具或拷問用具般的奇怪貼皮台上，披掛著牛的生皮。搖動把手似乎就可以調整台子的高度和角度。並附有堅固的油壓式彈簧。台子旁邊的地上沾有發黑的怪怪痕跡。這就是「虛擬牝牛器」的全貌了。

然而沒有任何預備知識就突然被帶到這個房間讓你看這台子，然後問你：「猜猜看，這是什麼？」我想一般人大概搞不清楚這是啥玩意兒吧。一眼就知道：「啊，這就是『虛擬牝牛器』！」的人，一定是擁有相當特殊想像力的人。至少前面如果有微笑的母牛頭，或正面

牆上貼有全裸的母牛照片的話（不過仔細想想牛本來都是全裸的嘛），我也可能會想：「這說不定是……」可是光這個樣子實在看不出來。公牛眞的憑這東西就會有那個意思了嗎？如果眞是這樣的話，牛這東西要不是想像力相當發達、就是相當貧乏了。

——就憑這個牡牛眞的會有那個意思嗎？

菊池：「嗯，經過一番調教啊。此外，不行的話，也有用所謂台牛的，眞的牛。比方說放一隻肉牛，從那裡採取，不過大多是用這個台子。讓牛騎上去，從旁邊裝上人工膣像套上鞘一樣。嗯，這個就是牛的人工膣。這裡面事先放進採精管，這樣採取。然後加以稀釋再冷凍起來。人工膣裡面則加溫水，調節溫度。」

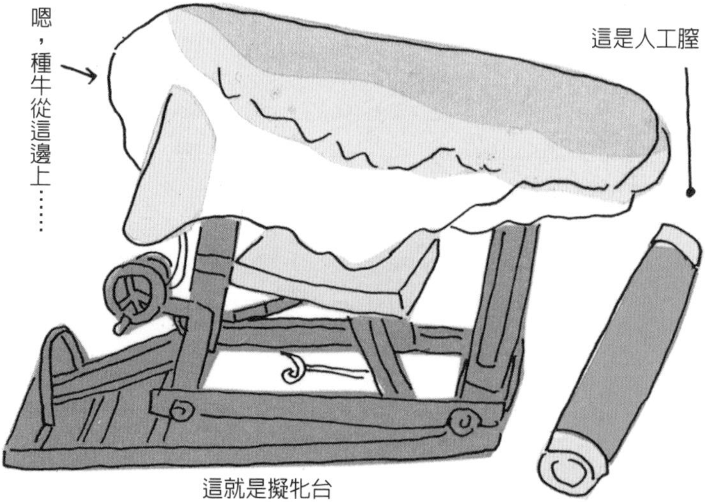

——該說是牛的肌膚吧（笑），做得還眞細緻啊。一次大概會有幾CC出來？

菊池：「這個嘛……多的話有十CC左右。稀釋後，一次用○・五CC。所以採取一次大約可以做一百到兩百支。」

放著這擬牝台＝虛擬牝牛器的採精室牆上，貼著這台子的使用方法圖解紙。看這壁上的畫，確實有一隻瞇細了眼睛的牡牛以後腳站立著，身體高抬起來趴在台子上，用前腳夾住兩脅呼呼地喘著大氣。讓牛以爲這就是本來交尾的樣子，所以他們也沒有什麼不滿，就那樣愉快地做著吧，可是從旁邊看著時，卻不由得感覺這是相當怪異不幸的人生。我還以爲種牛是每天跟不同的牝牛以精力交愛，傍晚則像漫畫家谷岡 Yasuji 一般感嘆著：「啊，今天做了好多工」，一面頻頻擦著汗水回到牛舍來，我本來想像是這樣比較優雅的姿態，然而現實這東西畢竟還是嚴酷的。

種牡牛舍

踏出採精室往前走一點，有一棟感覺靜悄悄的舊木造建築。這是聚集種牛的種牡牛舍。探頭進去瞧一瞧，堅固的鐵柵欄裡分別各有一頭，總共四頭牡牛，一直無言地閃著銳利的眼光。從樂天的小牛舍走過來，這裡簡直是另一個世界。柵欄前面有一位歐吉桑，感覺簡直像自由民主黨的幹事長一樣謹慎地守候在那裡，他就是種牡牛舍的管理員田沼先生，一個人負責照顧這些種牛。種牛的脾氣暴躁，體重達一五〇〇公斤左右（牝牛大約六〇〇至七〇〇公斤），就像動物園的猛獸飼育員一樣，如果不是同一個人隨時跟在身邊照顧的話危險性很大。

確實種牛看起來全都很有魄力。以職棒來說就像江夏、川藤、山傑和卜馬（譯注：日本職棒選手江夏豐、川藤幸三、山傑〔Luis Mercedes Sanchez〕、卜馬〔Gregory De Wayne Boomer Wells〕湊在一起一樣的感覺。眼睛炯炯有神，身體龐大得不得了，又長著角，如果這樣的牛從正面向你衝過來的話，在你逃走之前或許已經嚇得呆住腳完全不能動了。因爲如果江夏和川藤和山傑和卜馬向你撲過來的話（光是前面兩個人就夠了），你的腳就已經動不了了。跟那一樣。我雖然從很久以前就覺得出現在《卡門》裡的鬥牛士艾士卡密流（Escamillo）是個討厭的傢伙，不過眼前實際看到這樣嚇人的動物時，不禁對日常跟這樣的東西戰鬥的艾士卡密流感到肅然起敬。

——請問一下，這樣看起來，我覺得牡牛好像對人類懷有反感的樣子，是不是呢……。

田沼：「這個是有，一定有。我雖然經常跟他們相處，不過只要有一點空隙牠們就一定會來。總有一天我如果這樣砰一下應該可以贏過人類吧，牠們有類似這樣的執念。所以如果一有空隙的話……眼睛沒對著眼睛的話，牠一定會猛一下轉過來喲。如果你眼睛對著牠的眼睛的話就不會。你看鼻環上綁著這個（繩子）。鼻子是牛的弱點，你要說別過來時，就這樣把繩子咻地拉緊，牠身體一麻痺就不會撲過來。這個牛也很清楚，所以眼睛相對的時候牠絕對不會撲上來。是這樣調教過來的。」

——這要很小心囉，如果眼睛放鬆一下就會撲過來的話。

田沼：「是啊是啊。牛的眼白如果充血的話，就表示牠已經在生氣了。牠一激動起來眼白就會充血，這就表示不高興。眼睛如果像這樣清徹時倒沒關係。像現在一樣。可是只要你啪地打牠一下，牠就會馬上火大起來。可以說性子很急，或容易生氣。不過如果沒有這樣的性子，太乖的牛就算採了種也不會太好。反倒是有這種脾氣的牛比較好。那麼，把牠放進跟別的牛在一起時，牠們會一直堅持鬥到其中的一方叫出聲爲止。牛一叫出聲，格鬥就要結束。表示宣告輸了。」

——那麼無言的格鬥就要繼續下去囉？好厲害。

田沼：「鬥得卡嗟卡嗟、卡嗟卡嗟的。用角去頂對方的側腹部或睪丸，專找柔軟的部位攻擊。這是處在一個集團裡如何把牝牛收歸自己所有的敵對態勢。強者則成爲領導者。因此牡牛從小就開始經常做格鬥的訓練。」

——田沼先生，如果牠們撲向你的時候，會怎麼做呢？

田沼：「那樣的時候，牠會用鼻子先砰地頂撞你一下。這樣一來，人不是會倒下來嗎？於是牠再把前腳彎起來修理你。這是牠們的格鬥術。牠們會把倒下的對方用角挑起來帶著走。我那時候就被挑起來帶著走，因爲是走到柵欄邊所以才奇蹟式地被救起來。我已經做了二十年左右了，還是有兩次被搞到。肋骨也被弄斷四根。大概是第三次吧。如果沒有這種經

擬牝台　讓種牡牛採取交尾姿勢的台子

圖解擬牝台使用法的貼紙

眼白如果充血就是
憤怒的證據
一有空隙
牠就會過來
實際示範的種牛舍
管理人田沼先生

驗，畢竟還是沒辦法做這種工作。做這種工作的人，首先大多有被弄過。我雖然這樣在管理在照顧著牠們，可是牠們卻會恩將仇報……可以這樣說吧，總之這些傢伙懷有總有一天我要勝過人類的執念。」

——爲什麼不把牠們的角去掉呢？有角不是很危險嗎？

田沼：「有角有時候是會危險，但相反的也有好的情況。除不除角，會挑鬥的傢伙還是同樣那些。牠弄倒你的時候，如果有角牠會把你帶著走。可是沒有角的話就光咚地撞擊你，所以內臟會整個被牠搞到。砰地，完全被搗碎。有角的話被頂撞時，還有空隙卡在中間。其次要打針的時候有角也比較好。因爲可以用角來固定。」

——什麼樣的情況最危險呢？

田沼：「我們每天會放牠們出去外面運動一次，在那拉曳運動時，最容易發生意外。還有早晨，要把牠們綁在柵欄上時也會發生意外。不過牛也不是突然砰一下就來襲的。說得明白一點，就是人沒有看出來（那徵候）。其實牠前腳會先抓一次或兩次再安靜站著，然後才砰一下衝過來。人如果沒留意的話就會被搞到，可以這樣說。牠不會突然來。一定會先退後，再踢腳走兩、三步。」

——如果被盯上了要怎麼逃呢？

田沼：「就算你要逃走，可是牠很快喲。不管多快的人，在五十公尺之內人會輸。如果跑一百公尺的話人就會贏。所以要想辦法挫挫牛的氣勢。」

——哦。以身爲種牡的公牛來說壽命大概多長？

菊池：「大約到十歲爲止。因爲身體會逐漸變大。可是腳比起身體來說卻算是小的，所以腳終究會出毛病。就像剛才您看過的那樣，採精的時候必須用兩腳站立。這樣一來無論如何總會出現毛病。實在撐不到十歲以上。在那之間只要預先採下可以儲存的精液冷凍起來就好了。冷凍精液使用的是液態氮，這樣的話幾乎可以半永久地保存下來。所以，現在不需要活到十歲。只要能採的時候採下存起來就行了。最高峰是從五歲到七、八歲爲止。從體型看起來也屬於壯年。五歲時身體正好長成熟。種牡的情況如果女兒的成績不好的話自己的成績也就不好。根據牠女兒乳量的成績決定今後牠還要不要被重用。」

——你是說如果成績不優良的話，牠就要被炒魷魚了嗎？

田沼：「如果成績不好的牛，不管才五歲或六歲都會被處分掉。像我剛才說的那樣，就算留得久的大概也不過十歲左右……」（※在這個階段被處分掉的牛不能當作牛排用，只能窮

途末路落到做漢堡肉或貓食之類加工肉用的地步）

——種牛一星期要做幾次呢？

菊池：「一星期兩次左右的步調。不過，還是會有個別差異的。」

我並不清楚每星期射精兩次對成牛來說會造成多大的負擔（沒有理由會知道），不過在聽著之間覺得種牛的世界也相當辛苦。大多的牡牛一生下來立刻就被當作肉牛處分掉，能夠存活下來的精英種牡候補牛只要成績一不好也會立刻被處分掉，變成貓食之類的。連能夠通過這些重重難關的超級精英，到了十歲還是難逃被處分掉的命運。雖然T. S. Garpe斷言：「人生是不治之症」，這句話也可以套用在牛的人生。簡直有點像斯帕達格士（譯注：Spartacus，古羅馬的奴隸戰士，領導奴隸反抗，率九萬大軍轉戰，後戰死。他的故事拍成電影《萬夫莫敵》，由寇克道格拉斯主演。）的世界嘛。

搾乳牛舍

那麼，現在終於要移到這農場的主要部分——搾乳牛舍了。正如字面上的意思，這裡排著整排的牝牛，正在被搾著乳。話雖這麼說，但並不是像從前那樣用人工抓著乳頭啾啾地搓揉，現在搾乳作業完全用機器進行。牛的乳頭裝上所謂搾乳器的聽診器般的管子，用那個吸牛的奶水搾取下來。搾出來的牛乳通過橫跨在頭上的管道運到冷藏室去，在這裡冷卻到攝氏四度。一切都是系統化全自動的。搾乳器從一頭牝牛搾取一次乳所需的時間大約五分鐘。一天搾乳兩次，分別在上午五點和下午五點進行。

從種牡牛舍來到這裡時，這些在搾乳牛舍裡的牝牛看起來溫和順從到令人難以置信的地步。這些牝牛夾著通路，互相屁股朝屁股不動地安靜站著，等著順序被搾乳。其中有的搾完乳，嘿呵地在地上蹲坐下來。牛舍裡非常安靜。只有搾乳器動作的聲音像持續低音般響著而已。這些牝牛一副已經看開一切的樣子，安靜而認命。發酵過的濃縮配合飼料悶悶的臭氣撲鼻而來。

——一頭牛大概可以搾到多少ＣＣ？

菊池：「現在平均大約一次十四、五公斤。一天大約二十七公斤左右。這是一頭平均來說。以乳牛來說與其年輕的牛不如某種程度生產過多次的牛出乳量比較多。大概生產第四次、第五次時乳量達到最高峰。也有生到第七、八次才出最多乳量的牛。不過一般來說第四、五次生產後乳量最多。」

——說到牝牛的勞動壽命，大約有多長呢？

菊池：「這方面也一樣（跟種牡牛一樣）大約十歲。我們這裡最老的牛有生十四、五胎的。就算每年生產，也不過十七、八歲。不過平均來說因爲是所謂的**經濟動物**，所以現在讓牠們生五胎、六胎，過了高峰期的牛就淘汰了。因爲是**經濟動物**，所以並沒有讓牠們安享天年。」（※在這裡打下來的牝牛同樣也做成加工肉）。

——原來如此，所謂**經濟動物**還眞是有說服力的用語啊。那麼，牛的乳頭不是有四個嗎，可是牛通常不是一次只生一頭小牛嗎，爲什麼？

菊池：「這個我想也是人類改良的。可能本來有更多。可是因爲四個比較有效率，就改良成這樣了。不斷反覆淘汰的結果所改良成的。」

——可是爲了能搾取大量的乳而持續淘汰讓身體變大的結果，就像剛才說過的那樣腳會逐漸瘦弱下去對嗎？

菊池：「嗯這可以說是最大的缺點，如果不被重視的話。這種動物如果是野生的，還會用自己的腳，到處走動尋找食物。可是像這種情況，整排被關在小屋子裡飼養，如果腳或蹄受傷的話，就會沒有食欲。沒有食欲的話當然也就沒有乳可以搾。這是一種本能。如果在外面走動傷了腳，就不能吃東西了。當然會虛弱下去。就算怎麼在這舍內餵飼料給牠們吃，如果腳受傷乳量還是會減少。反過來說當我們覺得奇怪怎麼乳出不來，仔細看一看，往往發現果然腳受傷了。有這種情形。」

——牛對於自己的乳被搾走會有什麼樣的感覺呢？

菊池：「畢竟人依自己的需要讓牠們的乳房脹大，以牛來說一直要保持脹奶狀態，卻又沒讓牠們餵孩子，我想應該很痛苦吧。所以乳被搾出來總是輕鬆愉快多了，在這層意義上牠們還希望你早一點搾。在這個牛舍裡是這樣把牛全部繫起來，如果是採用放牧方式的話，到了搾乳時間牛會自己走過來喲。表示要你幫牠搾乳。」

有牛舍和紅磚飼料塔的風景

——牝牛的容貌也有長得好跟不好的分別嗎？

菊池：「有啊。牛也有牛的容貌。比方說這一頭（指一指身邊臉長得像研直子的牝牛）長得不太好，以臉來看。不過倒是有點親切可愛。另外，屁股如果是這樣圓鼓鼓的……要是肉牛的話就好了。乳牛的情況反而是比較銳角的，像那樣的比較好……」

在搾乳牛舍的牛是處於徹底管理體制下的。這些牛都掛著所謂「站立框」的上下細長的項圈。那上面又套一條叫作「cow trainer」的鋸齒狀金屬訓練桿，這金屬桿通有一百伏特的電流，如果牛的背弓起來的話電流就會咻一下通過牛的身體。爲什麼要這樣做嗎？牛這種動物生來在大小便的時候就有弓起背部的習慣，這樣一來排泄物沒辦法適當掉落溝中，清掃起來很麻煩。於是，用這cow trainer訓練牛不要弓起背來。當然沒有牛會恐嚇你說，小個便就讓人家自由方便嘛。

然後正在被搾乳的牛，後腳全套上叫做「subtail」的橡皮輪圈，這是爲了防止自己的腳不小心踢到自己乳房的意外發生而裝的器具。世上眞是有五花八門的五花大綁器具。

看著這些時，眞的可以充分明白現場的人把牛稱爲「經濟動物」的感覺。對他們來說——或者對這個世界來說——豪斯坦牛是爲了有效產出牛乳爲目的（經濟行爲）而存在的，如果這目的的實行有瑕疵出現時，就要被**處分**掉。這跟人類的上班族有一點不同，人類的情況就算失去經濟效益，到了退休年齡還可以領到退休金或終身俸，優優閒閒地度過餘生。但牛卻沒有什麼餘生可言，只要能力一下降，就立刻變成牛肉罐頭或貓食了。住在都市的人往往容易懷有「綠色牧場」這種牧歌式的印象，結果，牧場也不過是根據資本投入等於回收的原理在進行的一種經濟體而已。在那裡牛只是扮演原料的角色。如果我們不再把牠當作「原料」來想的話，原理本身就要開始動搖了。

本來在所謂牧場這個「綠色經濟戰場」戰鬥著的並不只是牛而已。對在那裡工作的人來說，也是個激烈的戰場，看著被處分掉的牛光覺得好可憐，還只是片面的。因爲在日本所謂酪農這個產業本身，現在正處於相當艱難的困境。也就是說牛乳業者多，產量重疊過剩，大家這樣拚命生產卻賣不掉。

現在日本人所消費的乳製品據說國內產製的乳就夠了，而實際上六成卻被進口乳製品所占，可想而知國產牛乳的過剩是相當嚴重的。飲食生活的改觀或某種原因所導致的乳製品消費量已達到頂點，貿易不均衡的國際談判壓力下，成本低的外國產品大量進口——在這個業界目前實在聽不到什麼明朗的話題。

訓練牛的cow trainer
站立框
牛把鼻子伸進這裡就
會有水湧出來

從明治時代留到現在
的農場總部

那麼，結果似乎已經看得到了。就像稻米生產一樣，由政府所主導的產銷調整正在進行中，中小型酪農將會逐漸被自然淘汰。在日本名為酪農的這種經濟動物也將慢慢失去經濟效益，這種說法似乎並不過分。過去國家以稻米轉作（譯注：鼓勵原來生產稻米的農家轉而生產其他農產品）所推展的酪農業，同一個國家現在卻正要他們閉幕歇業了。我在寫《尋羊冒險記》這本小說時，曾經採訪過養羊的牧場，當時我也想過，日本的農業政策傳統上就有靠捨棄弱者維持大局的傾向。因為政府的政策搖擺不定，所以跟不上這搖擺的弱小農家就會被抖落淘汰。而且靠著這弱者的抖落淘汰，結果推進了農業的合理化。

小岩井農牧場的情況就算酪農部的經營是赤字，但最終由於養雞、山林、觀光等其他部門的收入平衡之下還可以彌補虧損，然而只有五十頭、六十頭，或更小規模的酪農場事態就更嚴重了。

這篇採訪本來以輕鬆的心情開始寫的，卻逐漸想起許多事情來。

生產服裝的人如何思考

Comme des Garçons

包括老天爺、我周圍的許多人、我太太，大家都非常知道，我是個不太注意服裝的人。夏天一件T恤加短褲、春秋Levis的牛仔褲加運動衫或毛衣，冬天則在那上面套個皮夾克（在舊金山非常便宜地買的）或J Press的粗呢外套（duffel coat）。鞋子是Nike慢跑鞋。至於西裝、襯衫、領帶則只在非常稀有的場合才穿，因此我都在不太會因流行而頻頻改變設計的Brooks Brothers或Paul Stuart之類的店買。皮鞋雖然也各有一雙茶色和黑色Legar的wingtip（譯注：鞋尖有縫飾或翻起如鳥展翅般設計的鞋子），但這些都像被廢棄的核子動力船般，一直靜靜地躺在鞋櫥裡沉睡著。這些可以說是我基本上所擁有的衣服。

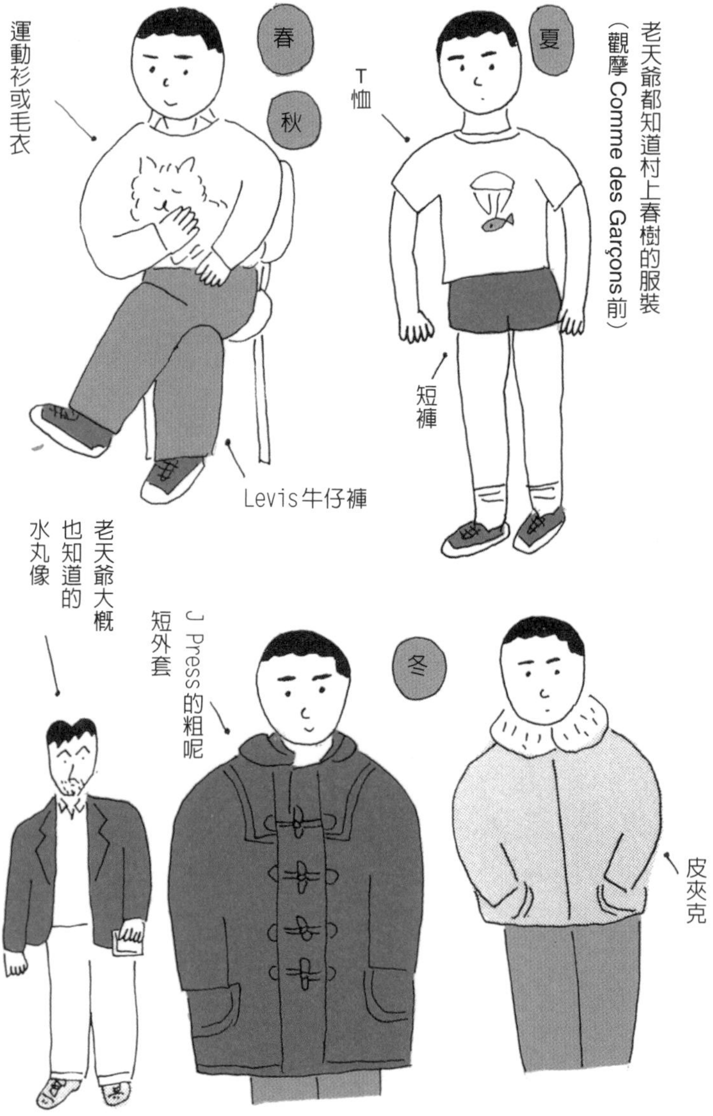

老天爺都知道村上春樹的服裝
（觀摩Comme des Garçons前）
春
秋
運動衫或毛衣
Levis牛仔褲
夏
T恤
短褲
冬
老天爺大概也知道的水丸像
J Press的粗呢短外套
皮夾克

「說不定，」你也許會這樣想：「你這基本上擁有的衣服風格是從一九七〇年以來就完全沒有改變對嗎？」對，正是這樣。一點也沒有改變。當然小幅改變是有的。帆布網球鞋變成Nike慢跑鞋，Van西裝外套變成Paul Stuart……etc。但基本上一點也沒有改變。這十五年多以來，各種流行風格以像在電影院裡看的動作預告片一樣的速度出現又消逝。然而我在這期間卻像北方森林裡的大角鹿一般跟進化無緣地生活過來。一九七〇年的我的基本服裝和一九八六年的我的基本服裝之間，我想你只要想成差別只有像Lichers Brothers和Hole & Ots的差別而已就行了。

「爲什麼這樣保守呢？」如果你要這樣問，我也很傷腦筋。因爲我並不是刻意積極地要保守什麼。正確地說只是「嗯，這樣就行了吧」而暫且按了PAUSE暫停鍵而已，並沒有刻意違反流行而活著。因爲要一一依照流行去跟著穿著既是一件很費神的事（當然也很花錢），而且我某方面算是比較會去做做運動、想想吃的東西，可以說對身體方面的自我管理覺得比較有趣，不過這是我個人性向的問題，並不是誰比較正確，或比較優越。有的人透過哲學作自我管理，有的人透過服裝作自我管理，那些畢竟都是別人的問題。

其次我不再穿流行最尖端的服裝，其中一個理由是因爲我經常到國外旅行。如果是到大都市上流社會的話則另當別論，可是在國外一般城鄉，很平常地走在街上的行人，服裝比起日本來可以說相當隨便。不管舊衣服也好，尺寸不太合的衣服也好，大家都一副「哪有閒工夫去注意這些」似的俐落地行動著，看起來他們也自有非常魅力迷人的地方——雖然很不可思議——這是我到國外才發現的。我每次去旅行都盡量穿得邋遢一點，不過一到了當地看看周圍的人，還是覺得自己似乎比別人穿得整齊，總是有點不自在。而且相反的，回到日本後有一段時間，總是覺得周圍人的服裝好像都太過整齊。這樣反覆幾次之後，不知不覺地就被拖進「管他的，隨便啦」的森林裡去了，我有一點這樣覺得。

不過這當然也是我個人性向的問題。天生喜歡穿漂亮的人，不管道理怎麼說身體都會自然朝向穿著漂亮的方向走，而像我這樣的人，不管怎麼樣，遲早總會被拖進「管他的，隨便啦」的森林裡去，像大角鹿般優閒地吃著非進化的舒服樹子而終老下去吧。嗯。

好像談了相當長的「非進化」方面的事了，所以接下來就來談談「進化」方面的事吧。有關服裝方面的進化是怎麼回事？

【例證】

「我們在巴黎有Comme des Garçons公司，那裡的董事長是一位法國女人。那邊如果董事長不是法國人就不能設立公司。她以前在完全不同典型的高級服飾公司任職。所以每天都穿著沒有一絲皺紋的服裝，每天上美容院，這樣過日子的，後來開始只專門穿我們的服裝，或許是受到種種感化吧，她現在甚至把過去的衣服全部丟掉。生活上也作了種種大改變。我們的服裝說起來是natural的。再說得坦率一點，只要生活方式natural，自然就不會濃妝豔抹，跟一些奇怪虛榮的服裝和住宅也無緣，這種事情還是有的。」（Comme des Garçons廣告部門・武田小姐）

原來如此，我想。我並不是在偏袒Comme des Garçons，不過武田小姐所說的我也很明白。青春期如果是在一九六〇年代末期度過的人或許會說「喂，這簡直是『綠色革命』嘛，peace」。我也這樣想，peace（譯注：擁護綠色革命，重視環保的人愛喊的口號）。從前說「自然最好」，戴著像甘地戴的眼鏡，穿著皺巴巴的直筒汗衫和剪破的牛仔褲，把襯鋼絲胸罩燒掉丟棄的女孩子們（話雖這麼說，不過實際上我並沒有看過那樣的光景）已經消失無蹤十五年了，她們的精神居然漂亮地化爲結晶，裝飾在南青山時髦的服裝店裡——我這樣說，絕對沒有嘲笑或諷刺這種現象的意思。所謂「事情就是這樣」是我的基本方針。有製造出這個的人（創作者、生產廠商），有追求這個的消費階層。這既是一種存在的現象，而我原則上又相信所有的現象都是善的。如果善的表現方式太過於強烈的話，不妨爲它附加上所謂「natural」的色彩就行了。這並不是在肯定一切的現象。我只是把所有的現象都超越肯定・否定，只以自己的延伸物來掌握而已。

很好，那麼就讓我試著把Comme des Garçons當作我自己的延伸物來掌握看看吧。

就這樣，我試著實際到澀谷西武百貨公司Comme des Garçons Homme（男裝部）的店裡買了夏季的夾克（譯注：jacket其實廣義是指西式短上衣外套的通稱，不只是我們所習慣通稱的狹義休閒夾克。）和T恤衫。T恤且不說，但這夾克和我向來所穿服裝的風格相當不同。肩膀墊著大大的墊肩往旁邊撐出去，翻領還有滾邊裝飾。雖然我覺得：「好像馬戲團的猴子嘛」，不過我太太則在旁邊說：「沒有你想的那麼糟」，反正凡事都是經驗，於是就買了下來。兩件一共是六萬圓出頭，眞不便宜。這種採訪花費倒也相當可觀。

服裝店的店員（男當家模特兒）感覺相當好，對於像我這樣顯然調調不同、不是本店顧客的人走進店裡來也絲毫不顯得厭煩——其實也許很厭煩——還是很親切地來招呼。既不給你壓力，而且會客氣地老實爲你出意見……也就是說很natural。也許是從業員教育作得很徹底吧。這方面讓我眞的很佩服。武田小姐在第一次採訪（不如說是面談・初步簡報）中說過類似這樣的話「站在商店最前線的人非常重要。因爲也有客人是看店裡的人來判斷衣服的穿法和風格的」，依我看來，這方面的用心似乎非常仔細。

那麼，就說那件夾克（西裝上衣）吧，就像《暮之手帖》雜誌（譯注：綜合性生活雜誌，經常對各種商品作品質測試實驗，供消費者參考。）那樣，我試著穿過幾次，對細部作測試。從結論來說，這件夾克雖然猛看起來設計相當新潮——或許沒有多新潮，不過至少對我是新潮的——實際穿起來試試看卻非常貼身舒服，穿著不覺得累。其次或許這個更重要，穿得越久對那設計的新奇越不太在意起來。雖然不是被武田小姐的話洗腦了，不過我承認確實有「natural」的傾向。在伸手穿過袖子之前，會想Comme des Garçons的服裝好像相當裝模作樣，穿起來一定很勉強，但實際試著穿上，卻出乎意料之外並不覺得勉強，這點也令我覺得滿佩服的。雖然從一件上衣要推測一切事情似乎有點不合理，不過就這件衣服來說，我就覺得是一件可以令人感覺到某種一貫思想之類東西的衣服。

思想。

回到剛才的「綠色革命」，我想撼動一九八〇年代後半的新理念中，有很多是從一九六〇年代後半所看到的一些由激進主義（radicalism）、對立文化（counter culture）發源而來的。例如主張自然食品、塑身運動、環境音樂，以及左翼體制派的解體、「純文學」領域的空洞化、社會結構的垂直性和水平性分化……這一切原型全都是在一九六〇年代後半以嚴肅的形式被提出來，到了七〇年代或被凍結或潛入水底靜靜進行的東西。這些東西進入八〇年代之後不久，就化爲柔軟的現實泥土，砰地冒出表面上來。而就在這同時，我們六〇年代世代則已攀上握有將其商品化的權力地位了。於是世間便充斥著這種「柔化激進」商品。而這Comme des Garçons的服裝，似乎同樣也是加入這「柔化激進」領域中的一員不會錯，我想。這樣想的話，那件有關Comme des Garçons吉本隆明對埴谷雄高的爭論自然就看得出它的必然性了。也就是將反核和Comme des Garçons相提並論也絕對不是不自然的作業。以我的邏輯來解釋，Comme des Garçons如果是我們本身的延伸的話，那麼核子武器也是我們自己的延伸——就是這麼回事。

不過話題還是稍微拉回現實的層面來吧。

＊

Comme des Garçons這家公司即便不算是祕密主義，但據說對採訪還是有相當嚴格限制的。所以當我說想參觀Comme des 的工廠時，在媒體界工作的朋友就異口同聲地勸我：「這怎麼想都不可能」，事實上Comme des方面也說：「這很傷腦筋」。

交涉從「爲什麼傷腦筋？」的疑問出發。我問：「爲什麼工廠不能給人看呢？」交涉對象是擔任廣告窗口的武田小姐。

武田小姐這邊也有疑問。「爲什麼選上Comme des Garçons呢？而且爲什麼是工廠呢？參觀Comme des Garçons的工廠有什麼意義呢？商品不是一切嗎？」

「爲什麼非要有什麼意義才行呢？Comme des Garçons在某種意義上算是流行最尖端的偶像商品，因爲好奇而想參觀看看這家工廠，還需要什麼其他意義呢？」

對我們來說很幸運的是，這位武田小姐是一位非常有耐心、而且很有邏輯概念的女性。我們繼續交涉了幾次，說明我們對事情的基本作法，絕對不會去挖掘內部的東西，目的並不在於嘲笑什麼好玩的事情，我反覆強調。我們並不是爲了肯定什麼或否定什麼而一再參觀工廠的。我們只是想看原原本本的模樣而已。要肯定或否定這些是站在其他立場的人——或讀者——該做的作業，我說。她很有耐心地傾聽著，最後甚至理解了。而且因爲這樣，我們最後終於能獲得許可進入Comme des Garçons的縫製工廠（爲了Comme des Garçons和我自己的名譽必須聲明在先，這篇紀錄除了兩、三個細部之外，並沒有限制規定，也沒有檢查我的紀錄。我是完全站在自由的立場來寫這篇文章的）。

Comme des Garçons極端討厭採訪的最大理由，借用武田小姐的話，就是過去有關他們的許多報導都讓他們「受傷」。我幾乎可以說從來不看流行雜誌的，因此對這些情況並不清楚，不過聽周圍的人說：「有一部分人對Comme des Garçons相當地反感」。確實連我看著都覺得有點任性了，聽說也不善於與人交際，看起來好像只考慮到自己的樣子（這跟我的人格特性相當酷似），我想周圍一定有很多人很生氣。不過，就算這樣，所謂受傷的表現法還是很有趣。個人會有精神上的受傷——這一點我很可以明白。可是，一個由個人所集合起來的公司團體，這種組織到底它的精神上會不會受傷呢？在這裡，我看到了以川久保玲這樣一位突出的設計師爲頂點、悄悄凝聚成名爲Comme des Garçons的堅固集合體，所具有的「柔性natural自閉性」的影子，不過這種說法，或許會傷害到他們（她們）。如果眞的是這樣的話，我很抱歉。

首先一開始讓我簡單說明。所謂Comme des Garçons這個企業的結構。

(1)設計

這由川久保玲一個人全部包辦。以蜂巢來說就是女王蜂，是one and only的部門。

(2)主管

這個人直屬於川久保玲，總管生產部門。簡單說這個人的任務就是把川久保玲所畫的設計圖放上實際的商品生產線上。可以說是經營管理的主要重點。主管下面，有打版師和下包工廠（生產管理）部門。

以圖表示如下：

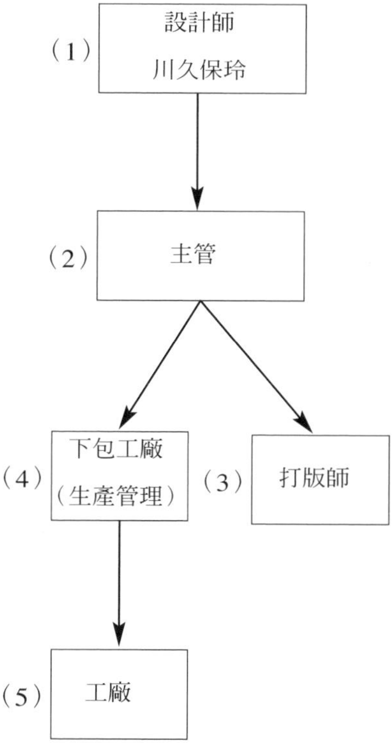

是這樣的組織系統。（※營業部門除外）

（3）打版師

看著川久保玲的畫，實際把東西做出來的人，人數總共約二十五人。因爲是從印象畫作成實物，所以需要有相當的實力。當然川久保玲會檢查那成果。根據那成品而決定每一型

（零件）的數目，製作紙型。

(4)指定下包工廠（生產管理）

依照打板師所畫出的縫製指示，決定布料的尺數、入型（從布料裁剪型件的方法）、一直到鈕扣數、拉鍊數、襯裡的量，一一檢查，有了這些才能將那件衣服到確實做好爲止的每個階段，都一一設定好，把這整套東西帶到工廠去做。並檢查縫好的成品。

(5)工廠

終於進入本題的工廠了，不過我要聲明在先，並沒有所謂的「Comme des Garçons工廠」之類的，像「松下電器工廠」或「HOUSE食品工廠」一樣的工廠形式具體存在於什麼地方。雖然如果有最先進的高科技工廠，擁有三五〇位女工穿著川久保玲小姐設計的制服……這樣或許會很有意思，不過不可能有。Comme des Garçons是只有設計製作和營業的公司，實際縫製則委託外部的縫製工廠「發包外製」。

工廠的規模大小不一，大的全部機械化，小的則只有包括老闆、老闆娘和打工的太太這樣組合的家庭工業。有些工廠除了承包Comme des之外同時也做其他廠商的東西（多半是大型工廠），有的只做Comme des（多半是小型工廠）。工廠數約二十家，不過這家數因季節的變化而有不同。例如今年（一九八六年）秋冬季Comme des把重心放在上衣外套，因此發包給擅長作上衣外套相關的工廠就比較多。

並沒有發包到韓國或台灣等外國工廠。理由是(1)設計的商品生產數量相當少，因此發包到國外並不合算。(2)縫製指示和檢查都很仔細，因此工廠必須在附近否則不方便。接近業界的傳播界朋友說「Comme des的服裝可能大部分是在韓國製造的吧」，其實那是錯的。

其他還有這樣的「Comme des情報」。(1)「什麼Comme des的衣服，說得那麼好聽，其實是在江東區一帶的地方工廠做的噢」，(2)「那種沒怎麼樣的衣服，光是安上『Comme des』的牌子就賣得那麼貴喲」之類的。也許武田小姐最初對我們還懷著相當戒心，也因爲在意這些批評的關係吧。不過，有的沒有的，會被人家講話本來就是名人，或「有名集合體」的宿命。

那麼從結論來說，(1)的傳說是眞的。實際上他們帶我們參觀的，就是在江東區某個地方的街坊工廠。至於(2)的傳說，因爲我並沒有實際在現場作成本計算，因此無法在這裡明白表示這傳說是正確或不正確。只能以大體的感覺來判斷，這就請各位讀者在讀過文章後，自己去判斷吧。

＊

宮下先生（假名）的工廠在台東區的某處。會變成假名或某處，是因爲Comme des方面希望我不要正確寫出來。「因爲，這個行業競爭很激烈」，也就是說，他們可能必須提防師傅被挖角，和商業情報洩密之類的情形。

雖然說是工廠，但說得明白一點只是住宅區極普通的住家而已。門口狹窄，在玄關脫了鞋子，旁邊立刻是斜度很陡的樓梯。門口只掛著「宮下」的名牌而已，所以誰也不知道這裡就是在縫製Comme des Garçons衣服的工廠。感覺簡直就像出現在美國電視諜報影集《The Man from U. N. C. L. E.》（譯注：美國一九六四年至一九六八年連續播出將近四年的諜報電視影集，劇中主角叫 Napoleon Solo）影集中U. N. C. L. E. 祕密總部入口一樣。是本書所採訪的裡面最小的工廠。

一樓的部分是宮下先生的住宅，二樓用來當工廠用。是八疊和六疊榻榻米房間連成L字型左右的大小，外面則是曬衣陽台。曬衣陽台種著很像樣的蕃茄。曬衣陽台對面看得見鄰家的窗戶。不知道從哪裡傳來狗的叫聲。雖然這並無關緊要，但氣氛有點像我從前暫時借住過的文京區林町我太太的娘家。

房間一角有宮下先生依照型紙剪裁布料用的作業桌，旁邊則有宮下先生的太太和打工太太A用蒸汽熨斗燙布料用的作業桌，面向曬衣陽台的兩台縫衣機前坐著宮下先生的兒媳婦和打工太太B，正勤快地縫著剪裁好的布料。絲掐絲掐絲掐絲掐的縫衣機聲音，混合著咻嗚嗚……的蒸汽熨斗的聲音，氣氛相當舒服。好像回到昭和三十年代，好比電影《回到未來》「Back to the Future」的感覺。這樣的工廠實在令人懷念，眞棒！現在誰正在做什麼都可以一目了然的工廠，今天實在已經很少見了。

——這就是全部工作的人嗎？

宮下：「不，還有整理的人。做最後完成的，叫作整理的人。不過不是在這裡做。還有縫扣眼的，這是用機器縫的，必須送到專門縫扣子的地方去……。所以在這裡做的還沒有縫扣子。其次還要用熨斗燙。用比這大的熨斗，卡嘶卡嘶地夾進去燙。在Comme des Garçons熨

兩個人站在東京江東區某處的風景

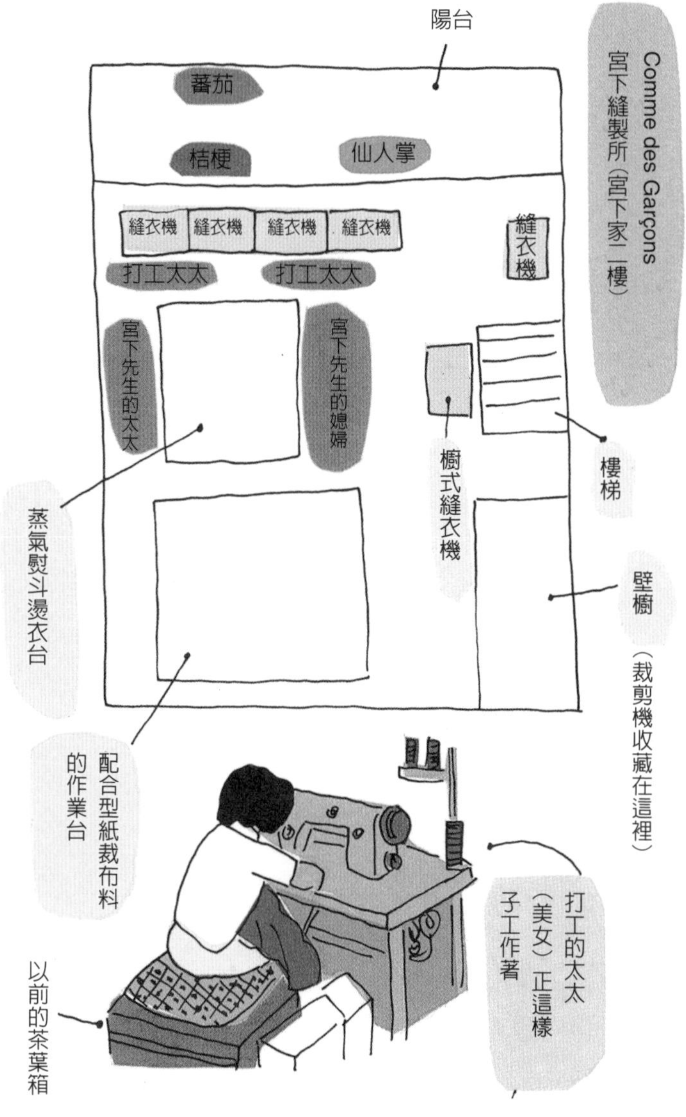
Comme des Garçons
宮下縫製所（宮下家二樓）
陽台
蕃茄
桔梗
仙人掌
縫衣機
縫衣機
縫衣機
縫衣機
縫衣機
打工太太
打工太太
宮下先生的太太
宮下先生的媳婦
櫥式縫衣機
樓梯
壁櫥
（裁剪機收藏在這裡）
蒸氣熨斗燙衣台
配合型紙裁布料的作業台
打工的太太（美女）正這樣子工作著
以前的茶葉箱

衣的情況，有些是像這樣熨得挺挺的，也有些是用所謂『洗』的，故意做出皺紋的燙法，各色各樣都有。」

——現在，這個，是在做女用西裝，宮下先生一直都在做這種衣服嗎？

宮下：「不，我以前是做紳士服的，後來做紳士服維持不下去了，才改做女裝。戰後有一段時間，紳士服非常景氣。只是，紳士服不是很那個嗎？很少換樣子買新的對嗎？迴轉少競爭又激烈——也就是說誰都會做，只要是師傅。所以師傅都集中在做紳士服，利潤變得很薄。後來都發包到台灣、韓國去做，我們撐得很苦，所以才改做起女裝。」

——怎麼樣，做Comme des Garçons的工作有趣嗎？

宮下：「呵呵呵，我啊，應該說是有趣吧——每天這樣，也就是說這是一種發現。我們當然，說起來只是把設計師所發現的東西，跟著做而已，不過對我來說做到完成為止也是一種發現。其中自然有喜悅。」

——型紙送過來這邊，猛一看，會不會想：「這樣奇怪的東西做出來賣得出去嗎？」

宮下：「這個嘛，我們也會想這個縫出來要怎麼個穿法？好奇特啊！不過看模特兒穿起來，倒覺得也沒有那麼離譜嘛（笑）。所以不妨去看一次服裝表演。那樣的話，就會明白，原來如此。心想設計師畢竟腦筋很好啊（笑）。」

——要說是奇特一定也有很奇特的對嗎，到目前爲止？

宮下：「嗯，最近倒不怎麼樣，有一段時間眞傷腦筋。比方說也有好像背上揹個研缽似的衣服噢。」

武田（從旁說明）：「那時候正好川久保小姐想做出一些有立體感的服裝，也就是想做出衣服穿上之後讓人家眼睛看得見有凹凹凸凸效果的時期。還有身上一部分好像縫合在一起，有些地方看起來又像開了洞似的，因爲也有這種設計，所以我想那時候眞的很辛苦噢。」

宮下：「可是剛開始因爲太小心了，所以雖然做得還順利，只是順序大多習慣了，心想好吧，就這樣做下去時，卻有一半是不對的。因爲，應該凹進去的居然相反地凸出來，像怪獸一樣，不是有背上揹著一座山的嗎？變成那樣子。」

——做起來眞是好像特別有成就感噢。

武田：「啊，這個不要寫（笑）！」（※寫出來了，對不起。）

宮下先生一副從戰後就一直在做西裝的師傅似的，好一位爽快的歐吉桑，說話非常

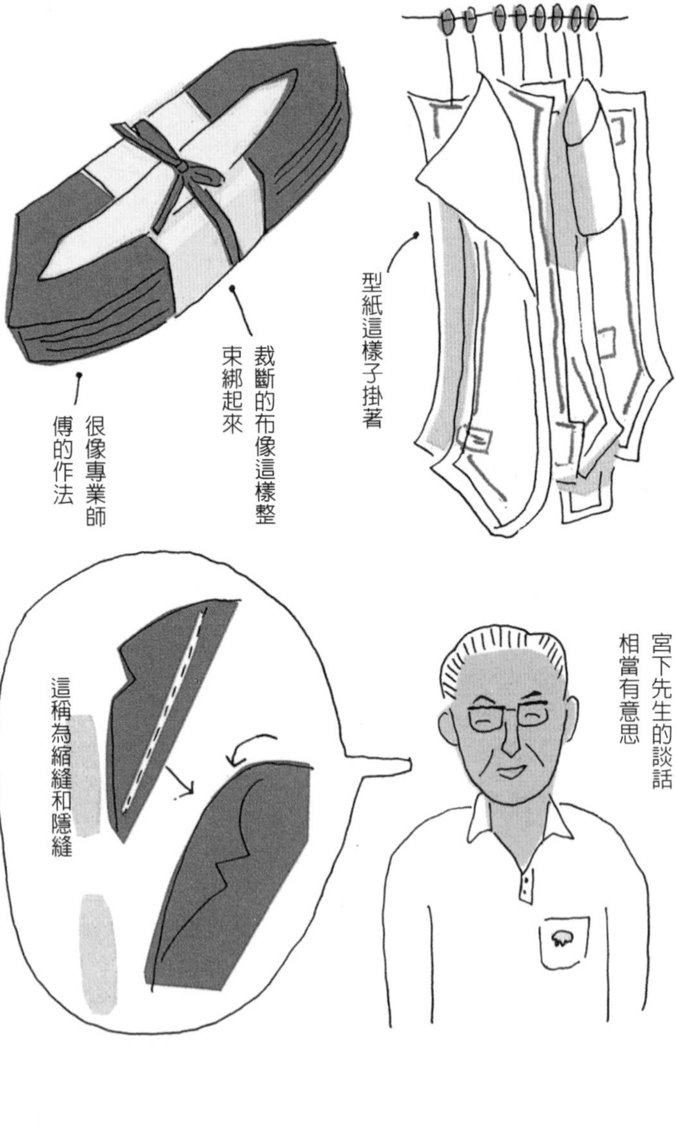

型紙這樣子掛著
裁斷的布像這樣整束綁起來
很像專業師傅的作法
宮下先生的談話相當有意思
這稱為縮縫和隱縫

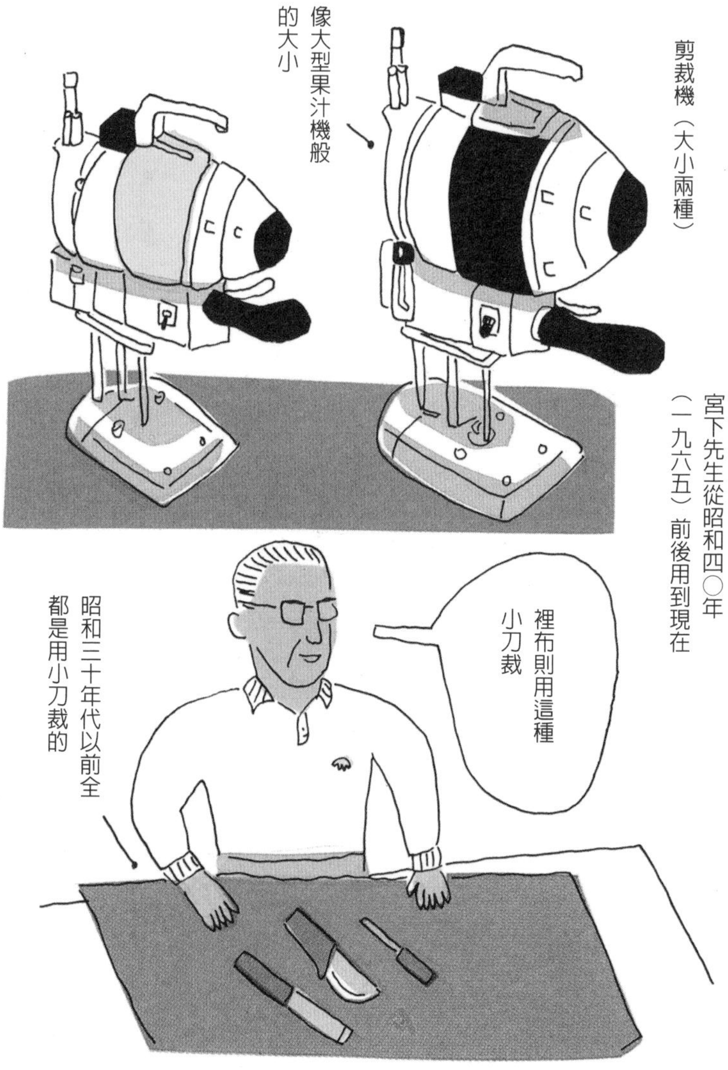

剪裁機（大小兩種）
像大型果汁機般的大小
宮下先生從昭和四〇年（一九六五）前後用到現在
裡布則用這種小刀裁
昭和三十年代以前全都是用小刀裁的

有趣。跟一本正經氣氛嚴肅的Comme des Garçons總公司，印象實在不同，可是看起來工作好像愉快得不得了，尤其是做新東西和複雜東西時簡直快樂得不得了的那種典型的人，看著讓你覺得：「原來如此，是這種人在背後支持著Comme des Garçons哪」，有這樣的一面。反過來說，我想發掘這種人才，對設計師品牌來說也是很重要的工作之一吧？

平常工廠星期假日也休息，不過宮下先生即使在假日，也會一個人獨自把下一週要做的工作預先準備好，安排得讓工作能更順利地進行下去。他這個人的個性好像屬於每個細節若不確實做好就不放心似的，看起來工廠的工作流程就非常順暢，可以感受到少數人很有效率地運作著的氣氛。

——現在做的這件西裝上衣需要分成幾片型紙縫合起來呢？

宮下：「這要二十三片。」

——好多啊。

宮下：「有普通的兩倍。普通大約……十片以下吧。大概說起來，必要的有前身啦、背後啦、袖子上下、反折，還有領子。另外細微的有口袋的紙型，有個七、八片就行了。所以剪裁的時候，也可以這樣摺疊起來一次取左右兩邊，一般來說。不過Comme des Garçons卻全部要排出來，必須每一片都排出來才湊得起來。這樣子很花時間。不過，嗯，這種細微的地方……大體也都習慣了。」

——我不太清楚，不過剪裁是不是用剪刀，唰唰唰的剪？

宮下：「不，不是。是用一種叫作裁斷機的機器剪。就是這個（說著便拿出來。看起來像大型果汁機那麼大的機器）。用像這樣的東西，把布料夾進這裡裁切。像裡布就用這種刀，我們說是刀，用這個裁切。就是這個（說著把用綠色的布捲起來的一套小刀拿出來）。以前大家都用這個。嗯，到昭和三十年代左右爲止還用這個裁。從昭和四十年前後就開始用機器了。」

——那麼，也有機械化的部分囉。說到四十年就是東京奧運會的第二年……。

宮下：「還有所謂的『襟差』，像這領子襯裡，領子翻過來把襯裡的芯和前後身固定，現在是用黏膠這樣子固定，這時候這全部，叫作『hazashi』，以前都是用手做的。然後，從昭和四十年左右開始用機器，叫作『襟差』的機器。」

裡面有水
如果不馬上燙的話
久了就不容易燙平了

為了讓縫好的布料確實固定
而用熨斗燙平

陽台上美味的蕃茄
結實累累

對不起我不擅長這種畫
取材自Comme des Garçons攝影集
我們鄰居就有一位小姐是忠誠的Comme des Garçons迷

——熨斗是用在什麼目的的？

宮下：「熨斗是這樣子把縫合起來的布熨平，就是讓布料安定下來。對，先縫好再用熨斗燙平。縫衣機車一道線之後，立刻用熨斗燙平，讓布料安定下來。如果不立刻燙，下次要燙的時候會很難燙。縫到必要的地方，然後，到必要的地方就先燙起來，這樣交互反覆進行下去。這在大的地方，會用不同的人輪流著做。也就是說一個人只專門做貼袋和負責把貼袋燙平，做完這個後接下來的工作就交給下一個人。下一個人揉出『滾邊』，然後又轉給下一個專門車口袋蓋的人去只做口袋蓋……每個人從早到晚都只做同樣的事……」

——如果這樣的話我可能也會做啊。光車口袋蓋之類的話。不過在你們這裡一個人就要負責做好幾種過程噢。

宮下：「是啊。交給下一個人做，等一下又會轉回來。所以在這種地方工作的人必須要有某種程度的技術。不過如果到大的地方去的話，老實說傻瓜也會做。因爲只要會做一種工作就行了。如果做口袋蓋子的就只做口袋蓋，精神只要一直專注在這一件事上面就行了。可是在我們這裡，如果只會做口袋的話，事情就麻煩了（笑）。對，就是啊，所以有二十幾片，也就是說會有二十幾次來來回回的。

「一天的生產數啊，嗯——很難說。簡單的東西可以做相當快。可是，一個人，你知道，能做兩件就算不錯了。因爲這種東西很費手工啊。一個人做兩件，五個人做十件……能這樣就好了，可是不行啊。希望勉強能做完兩件就不錯了……。」

——那麼，像這樣有型紙和縫製指示送過來說「請做這個」。那時候你多少看得出這個賣得出去賣不出去嗎？

宮下：「這個嘛，嗯，我是會想像。不過實際上怎麼樣是公司的事，所以我並不知道。只是，我們做的東西自己覺得，不錯啊！像剛才的營業員再送來很多件的話，就知道，啊，果然不錯……」

——送來的件數，是指什麼？

武田（從旁說明）：「對一家工廠，我們覺得這種型大概適合這家工廠做時，就會發包委託，在展示會或服裝秀之前。那麼，在展示會上客人會下單，我們根據這訂單再決定生產件數，這又會送到宮下先生這裡來，所以那時候就知道『啊，這種型拿到二十件，那種型拿到三十件。』」

宮下：「不過，並不是一切都那麼順利。連公司、董事長自己，都不一定知道哪一型能賣多少。而且也許有些就算知道賣不出去也想做出來看看的，我們有時候也會想『啊，這個好奇特，反應不知道會怎麼樣，令人期待』。所以呀，能做Comme des Garçons，就很好了，不是嗎？我自己，不，我們全體從業員都這樣想，做出來會是什麼樣子呢？是一種樂趣，就是這東西讓我們做這一行的吧。」

——你們家裡人穿不穿Comme des Garçons的衣服？

宮下：「我們家啊，只有一個女兒，身材沒那麼好，穿不上Comme des Garçons（笑）。我們家附近倒有一個女孩子是Comme des Garçons熱烈的迷。還有，不是會去旅行嗎？參加某某之旅的，於是人家要我們自我介紹的時候，我一說我在做Comme des Garçons……的裁縫工作時，那些年輕女孩子果然就會……騷動起來，很受歡迎噢。於是這邊也很開心，不知不覺中就多喝了幾杯。」（※這方面和「Comme des Garçons」的natural思想似乎有幾分脫離，不過宮下先生每天都很拚命在工作，所以他在旅行的時候怎麼樣，我們就姑且睜一隻眼閉一隻眼吧）。

——自己喜歡的衣服做好之後，會不會在衣服下面看不見的地方悄悄簽個名之類的？

宮下：「這樣的話，董事長會生氣的（笑）。所以呀，紳士服的情況，有人在襯裡上面，簽名噢。寫在襯裡上的話，做好以後，就看不出來了。誰都不會發現。所以從前哪，有這種悄悄自戀的人這樣做的，不過最近沒有人會再這樣做了。以前的確有這種所謂的師傅氣質的人。」

——這種夾子用在什麼地方？是不是要晾乾什麼？

宮下：「啊，那沒有關係。那是我們家曬衣服用的，下雨時洗的衣服就在屋子裡晾。（※宮下的太太，打工的太太，全都吃吃地笑著）

「這種話我其實不該說的，不過以前，批發商會雇用設計師。一星期一次，星期幾到我們這裡來，請來當顧問。於是這設計師就到各家走動……說是設計師，其實只看看型紙而已，並沒有做任何改變。只是到各家走動走動而已。但我覺得有趣的是，最近比方Comme des Garçons的情況，川久保玲這位設計師，是自己進行設計的時代。以前設計師是由資本家雇用的，現在不是這樣，而是設計師自己包辦一切。做自己想做的衣服。對這有興趣的人則加入他們的行列。」

就這樣「Comme des Garçons」的西裝上衣並沒有宮下先生的簽名，不過這沒關係，宮下先生還是很快樂地做著Comme des Garçons的西裝上衣。我看著這個樣子，心情也開始覺得：「要好好珍惜地來穿這件夾克」了。

至於「Comme des Garçons」這個品牌的附加價值是否反應在價格上呢，關於這一點，我試著請教武田小姐，她說：「像我們這樣的生產件數，用那樣仔細的手工來做，單價當然不得不提高。布料也是獨創的，成本很高。所以自然就變成那樣的價格了。」至少以西裝上衣來說，我想確實是這樣的。至於其他的東西，我沒有親眼看過，所以不能說什麼。只是我覺得光以沒有兼營餐廳就可以看出Comme des Garçons的經營態度整體上是相當嚴謹的。因爲服裝廠家所經營的餐廳只不過裝潢時髦而已，實在非常愚蠢，首先幾乎每家店的東西都不好吃。不做這種虛有其表的多角化經營，我覺得——雖然只是我個人覺得——不管怎麼樣都是一種見識。

「業界確實有所謂的雙重結構，」武田小姐說。也就是說，獨自設計的東西一件一件做出來，也就是所謂「設計師品牌」的東西；另一方面不同於這個，而在普通的一般工廠大量生產，然後再冠以品牌的名字，從那邊賺取利潤的作法。結果是，要做到什麼地步？不做到什麼地步？這是經營者的態度和尊嚴問題。但是消費者要從商品看出這個分別來卻似乎非常困難。

高科技戰爭

Technics CD工廠

我在前面也寫過採訪Comme des Garçons的工廠是相當辛苦的對象，這次CD（compact disk）工廠的採訪，規定之嚴格似乎比那還要增加兩倍甚至三倍。因爲眞沒料到會這麼嚴格，所以當初還抱著輕鬆的心情想道：「這次到高科技方面的工廠去看看吧」，經過朋友的介紹向Sony和Victor的工廠提出採訪申請，卻被這兩家斷然拒絕。毫無疑問地吃了個閉門羹。觀摩？開什麼玩笑，我們這邊可是正在爲企業的浮沉做生死之戰呢，這種情況下怎麼能讓外行人半開玩笑地閒逛呢？眞傷腦筋！這種氣氛也很眞切地傳過來。

不過，說起來確實是這樣，我只是純粹基於好奇心想到：「嗯，好想去看一看……的工廠啊」，只想輕輕鬆鬆地去觀摩，但對工廠方面來說卻是攸關生活，大家都在拚命工作著，那樣的地方被莫名其妙的人逛來逛去，當然很煩。因爲人家既然來了，你就不得不在百忙中帶看、說明，還要留意會不會被報導得奇奇怪怪的（尤其像我這種非業界、非新聞記者，到底會寫出什麼名堂，都沒有把握，特別討厭）。實際去觀摩時也常常覺得對他們很抱歉「對不起，眞過意不去」，有時也給對方添麻煩，有時還故意問一些讓對方不高興的問題。不過不是我自己辯白，所謂採訪這種事情本來就是這樣，有時如果不爲難對方，麻煩對方的話，往往看不到狀況的核心。是的，接下來請往這邊，這個是這樣子，噢這樣啊，接下來到這邊……像這樣小學生一樣的觀摩，實在沒辦法寫出什麼報導。所以我會在莫名其妙的地方追根究柢一連追問好幾次，想看的地方則花很長時間一直盯著仔細看，對方不想講的事情也挑逗他講出來，連地上掉落的垃圾，都用手去摸一摸。說得明白一點眞是給人家添麻煩。所以一連吃了幾家CD工廠的閉門羹，其實也沒有理由抱怨。

話雖這麼說，但我還是很想看一看CD工廠。人家越說「這是添麻煩」，想要一看究竟的心情反而越強烈，也是人之常情。試想一想一連觀摩了這麼多家工廠，對採訪本身完全表明「No」的企業，說起來這還是頭一遭。我覺得光這一點，CD工廠似乎就有値得觀摩的價値了。

那麼，爲什麼CD工廠這麼討厭人家來觀摩·採訪呢？

首先第一個理由，灰塵是CD生產的天敵。因爲CD是以極其細小的精密度在製造的，就算眼睛看不見的細小垃圾・異物混進去了也會產生不良品，甚至也曾發生因此而使生產線停擺二十四小時的情況。因此生產過程的中樞就極度不願意讓外人進去。

其次第二個理由，據說目前CD的生產還追不上需求。也就是說現在正忙得不得了。因爲一天二十四小時全程操作還供不應求，所以沒時間理會觀摩者。

第三個理由，是要保守企業機密。不用說各企業自己最尖端的技術都集結在CD生產上，因此把那情報洩漏給其他公司是極端討厭的事。雖然像我這樣的大外行也許看了也搞不清什麼是什麼，不過倒也不盡然，例如我看到某種機器，只要我說明：「我看到過這樣的機器」，其他公司的工程師瞬間就可以理解那是什麼樣結構的機器，具有什麼程度的能力，並且在短短的時間內就可能可以製造出擁有同一性能的機器，是這麼回事。例如據專家說，只要能夠瞄到一眼A公司單獨花了半年時間才開發出來的機器，B公司只需要兩個星期就有辦法製造出同樣的東西。這麼一來A公司半年之間所投注的研究費等於白白損失了，這對A公司來說確實不好玩。或許各公司的技術實力已經不相上下，而競爭原理正在發揮作用，對我來說實在是個無法想像的世界。原來在我們一般市民所不知道的地方，正在日夜進行激烈的戰鬥。這眞的是戰爭。過去績效優良的電機廠商，在這高科技世界萬一栽個斛斗就會面臨存亡危機，這樣激烈的轉換正在進行中，這種地方根本沒有什麼閒工夫接待毫無任何用處的觀摩者。

所以我們能夠觀摩松下電器＝Technics的CD工廠，眞的應該說非常幸運。爲什麼只有松下回答OK呢？老實說我也不太清楚。也許是時機碰巧吧。這次爲我們介紹的音響評論家F先生也說：「爲什麼會說OK我完全搞不懂。眞不可思議。」所以這只能說是幸運吧。

話雖這麼說，事情並不是樣樣都那麼順利，他們一旦說過OK之後，接著卻一連取消兩次預約，經過種種情況之後，才終於能進入工廠。

松下許可我們參觀，除了時機之外，如果要勉強找理由，也許是因爲他們已經從CD軟體的生產競爭中退出一步，站在這樣的立場才有這餘裕吧。因爲比起Victor、Sony、東芝、Columbia等公司都有自己獨自的音樂來源，正傾全力營業中，而松下則沒有自己的音樂來源，只接受海外中規模唱片公司（例如Telark）的下單生產而已。這方面的情形也表現在每個月生產量的差異上，例如根據一九八六年春季的資料顯示：

(1)CBS Sony 一六〇萬片

(2)日本 Columbia 一五〇萬片

(3)日本 Victor 一一〇萬片

跟這月產量比起來，松下卻只有二〇萬片而已。當然因爲是日新月異的世界，所以現在這數目應該也有很大的改變了，就算這樣，松下的軟體生產線開發比其他公司起步晚一點則是眞的。不過正因如此，以我們看來，還是不得不感覺到松下畢竟還是一手掌控著CD軟體，同時另一方面已經快速朝下一個目標前進了。

音樂軟體的CD畢竟是一種過渡性產物，爲了「學習」而確實地做過一次，只是不參加眼前的生產競爭，而儲備實力把目標放在下一步，將好好的痛宰Sony一番，可以相當清楚地看出這種姿態。說穿了就是，正因朝向應用這種CD軟體的更高技術（例如光學式電腦記憶體、可以input的CD）邁進，所以在CD規格統一問題上不如乾脆加入Philips=Sony的陣營下，以避免損失巨大的正面戰爭。簡直像巨大的黑白棋遊戲一樣高深。

那麼讀到這裡的讀者之中，也許有人要說：「聽過這些不簡單的情況之後已經很清楚了。可是CD到底是什麼呢？」所以我還是簡單說明一下CD吧，不過這完全是現買現賣的，詳細情形我也不懂，或許連這大概的要點是否正確都很難說。所以請把這當作終究是「以外行的眼光所看到的專門知識」來理解。

所謂CD簡單說就是：

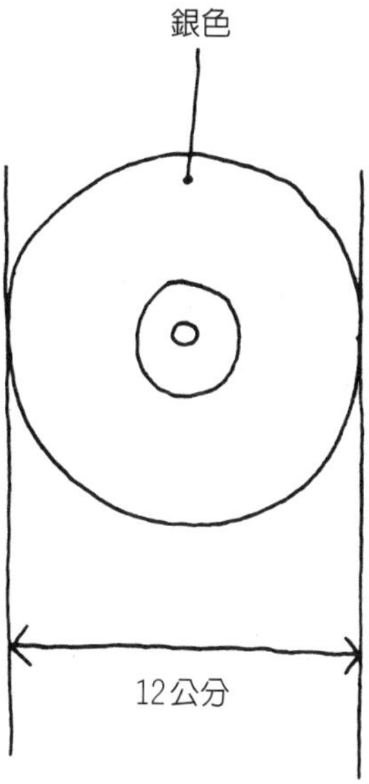

形狀像這樣的東西，這裡面錄有長度約七十分鐘的音樂，這訊息由CD唱盤的雷射光讀出來轉化爲聲音。跟過去的黑膠唱片（black disk）最大的不同是，BD擁有如果仔細看可以

實際看得見的唱片溝紋，可以用唱針順序讀出這物理性訊號，相對的，CD則是以二進法的數位信號以記號被讀取。簡單說，只要把「0110101110……」這樣的數字組合羅列出來，就能夠以音樂顯現出來。如果要說：「這種事我不相信」的人，儘管不必相信。就算你不相信，只要把CD放在CD唱盤上打開電源聲音就會出來，其中沒有任何不便之處。如果外星人突然從天而降，問說：「哇，這聲音太美好了，是什麼原理下才會這樣的？」時，你結結巴巴地應道：「嗯，這個嘛，我……」不好意思，這樣的程度應該也沒什麼妨礙。這跟烤麵包機不一樣，不會因爲百分之百知道產品製造的原理，故障時就可以自己修理，絕對沒有這種事。

那麼CD跟BD比起來有什麼優點呢？首先第一是音質好。訊息精細而正確，而且因爲在那收訊時沒有lose，所以以前聽不到的聲音現在也可以清晰地聽得到。因爲沒有針音所以也沒有雜音。不會輕易刮傷。因爲小所以好處理。聽多少遍音質都不會惡化。省掉AB面翻轉的麻煩。開頭立刻就出得來。操作輕鬆……優點不勝枚舉。我的工作室裡已經CD一面倒，水丸兄也很愛用。

不過要問CD在音樂軟體方面是完美的嗎？現在這個時點似乎還不能夠這樣說。我想以C

並沒有這種電影

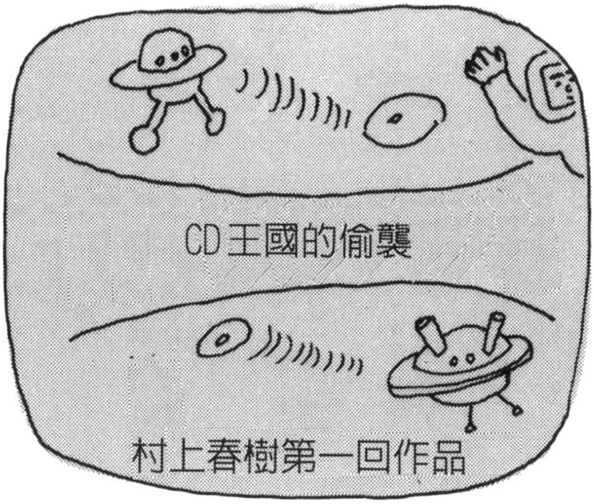
CD王國的偷襲
村上春樹第一回作品

這到底是怎麼回事
這是我的創作
ＣＤ工廠入口
（當然沒有這回事）

D的能力容量來說，音樂來源的供給方面還無法充分對應是它最大的問題，不過這跟本項目沒有直接的關係。不管怎麼說，CD的銷售額在現在這個時點（一九八六年秋天）已經超過BD的銷售額了，據說往後這差距只會越拉越大。而且BD終於將步上和SP及單曲LP所走過的路一樣，步上和廢牛同樣的命運。這是compact disk（CD）的概略情形。您大概可以瞭解了吧？

那麼，還不太清楚的人，和已經知道的人，總之都先去參觀CD工廠吧。

照例請教導覽CD的研發室室長阿部先生第一個討人厭的問題。好不容易才獲得許可來參觀的，簡直像恩將仇報似的，很抱歉，不過因爲這也是工作，所以請多多包涵。

——嗯，我想請問一下，CD這麼急速普及的原因之一，我想可以說是規格的統一。Philips和Sony攜手合作把規格統一了，在Video和Video Disk方面有過正面戰爭，可是爲什麼在CD方面松下集團好像卻順從他們了呢？

阿部：「這個嘛，因爲有Philips這麼優秀的廠商在他們那麼傑出的技術中做出來了，這是一點……還有一點是，支持這個的家族或東家是叫做Phonogram的公司，這家公司擁有

雷射光束逐一讀取高速旋轉的棒球場上鋪滿的無數細小沙粒

Deutsche Gramophone，擁有Philips，擁有ARCHIV、還擁有London、L'Oiseau Lyre。幾乎擁有古典唱片的一半。光這個就夠強了。

「比方說，如果Victor公司要（獨自）親自照顧這個系統也會很辛苦。（Philips方面所擁有）軟體的量和內在的精良，是大家都贊同的原因吧。」

換句話說在Philips和Sony主導下事情之所以進行順利與其說是技術力的差別，不如說是軟體的差別才是原因。因此，對一直獨自進行研究的松下＝阿部先生來說似乎相當懊惱。我舉個非常淺近的例子，不好意思，比方兩家並排相鄰新開幕的色情按摩店，兩家設備沒什麼大差別，但其中一家所招集的小姐（soft）素質則顯然比較差，因此不得不關店，這種感覺。在這種資訊產業，資訊軟體的價值今後將逐漸提升，但這是一種憑高層次戰略的政治判斷所左右的東西，我相信這對身爲技術領域的人來說，可能有各種不得已的無趣情況。所以阿部先生雖然是熱心的古典音樂迷，但因爲討厭CBS Sony系的CD聲音所以就不聽了，有這麼回事。

松下電器的Technics Hi-Fi Audio事業部，位於大阪郊外的門眞市。這裡由於和守口市互相競爭收稅領域的關係，交界線彎來彎去亂複雜的，是一個奇怪的地區，這一帶一望無際好

從ＣＤ工廠窗戶所看見的風景
畫面中央略左上方為游泳池

大一片都是松下工廠，可以說是松下城，問松下的人：「這有多大面積？」所得到的回答竟然是：「不知道，到底有多大噢？反正很大就是了」就是有這麼大。我所參觀的工廠是製造CD軟體、卡匣（cartridge）和讀取頭（pickup）的廠房，樓地板面積據說有二三七七八平方公尺。

我們（我、水丸兄和編輯綠小姐）首先被帶到CD軟體工廠的入口。這入口也是相當鄭重其事的，雖然沒有手持步槍的警衛，不過有電子鎖，絕對禁止外人進入。對了，就像出現在《Doctor No》的祕密基地稍微日常化些，出場人物的對話則操關西腔，我想就可以大致掌握工廠的印象了。

嗶嗶嗶嗶地解除電子鎖後進入裡面，換穿上特殊的無塵服。就像前面說過的那樣，只要有一點灰塵，生產就會停頓，因此我們在衣服上從頭到腳再套上一件像連身外套一樣的無塵服，讓灰塵不會飛揚起來。頭上戴起服貼的頭套，鼻子和嘴巴戴上像手術時戴的口罩，並換上專用布鞋。如果再貼上耳朵的話，簡直就是「長崎蛋糕一番、電話二番」廣告上的人形玩偶了。無塵服穿過一次之後就會被送到特別的洗衣店去，在那裡進行不沾塵的特殊清洗，裝進塑膠袋再送回來。

其實女孩子的化妝也會有粉飛揚起來，所以是禁止的，不過說：「這個程度，應該可以吧」，綠小姐才可以pass。

聽工廠的人說：「上次來的F先生（幫我介紹的音響評論家）好像很喜歡這無塵服的樣子，帶了一套回去」，世上眞是有各種人。我想這種東西到底要用在哪裡呢，不過身體一旦被這種藍色尼龍制服包裹起來之後，心情確實變得很舒服，眞是不可思議。穿上這個到六本木的迪斯可舞廳去的話，搞不好很有世紀末的味道而大受歡迎也不一定。

身體包上無塵服後接著便進入**air shower**（空氣淋浴室）。所謂空氣淋浴室是指夾在一道門與一道門之間的狹小空間，我們在進入工廠之前作爲一種所謂通過儀式每一個人都要站在這裡，讓風吹一吹把灰塵吹掉。眞是小心又小心。入口的門關上後站在房間中央部分時周圍便吹出風來，於是把雙手舉高轉一個圈，最後再拍一拍身體。大約十秒鐘風停了，就打開出口的門走出去。走出外面，已經是CD工廠了。

在這裡我必須事先聲明，對我們外行人來說，現實上的CD工廠老實說並不是多有趣的地方。當然專家看起來這或許是尖端科技的奇異世界，簡直美妙得令人流口水也不一定，但對我們這些專家以外的人來說，聽完該有的一套說明之後，頂多只能佩服地說：「嗯，原來如此」，細微的地方腦筋眞的還轉不過來。這說起來簡直像狂熱的盆栽收藏家對完全外行的人展示令狂熱迷垂涎的收藏精品，說明：「怎麼樣，很棒吧？這是可以讓笹川良一下跪叩頭懇求讓給他的絕妙逸品……」被帶看的這邊卻只有佩服：「噢，這麼棒啊！」而已。這一點CD工廠和橡皮擦工廠就相當不同。橡皮擦工廠的工程雖然也有很多無法理解的部分，但其中還有所謂日常生活延伸的地方，覺得只要努力的話好像總是可以理解的樣子。以數學來說就像「數二B」（現在是不是還有這樣的分法）程度的難度。

可是CD工廠的情況，則可以說是在完全跳過我們日常的地方在進行著也不爲過。再說得更加詳細一點，CD這種東西的原理我大概也知道，但是那個原理現實上進入產品化過程時，就實在難以用我所使用的日常語言來說明清楚了，而且即使聽了說明後也無法跟現實的感覺搭上，就從右邊滑溜溜地溜到左邊去似的。就像遇到絕世美女的人無法向別人適度說明，只能說著：「嗯，美得光看到她，腿就發軟了」之類無意義的話一樣。對筆者來說眞是大傷腦筋。只能一連說：「哇，眞厲害」而已，樣樣都非常厲害，但看起來情景卻並不是很有趣。可是要陳述專門性的說明嘛，因爲不是專門書，所以我想大部分讀者可能也不會很熱心地讀。

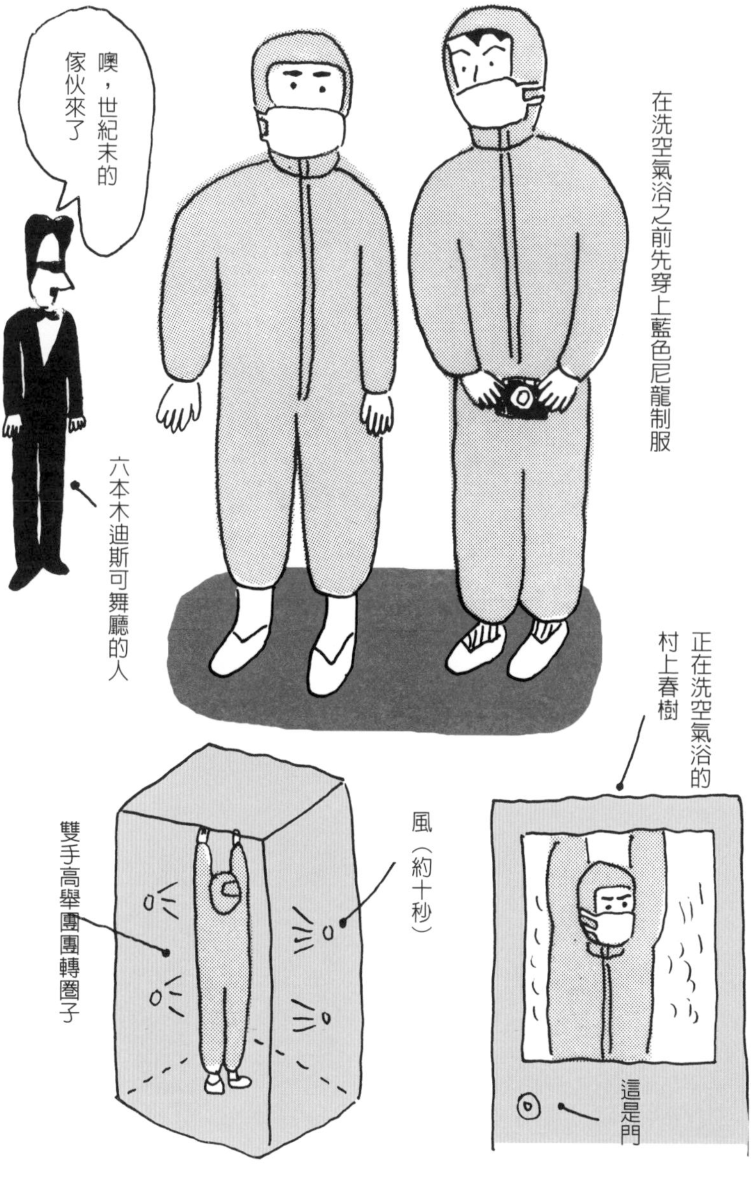
在洗空氣浴之前先穿上藍色尼龍制服
噢，世紀末的傢伙來了
六本木迪斯可舞廳的人
正在洗空氣浴的村上春樹
這是門
風（約十秒）
雙手高舉團團轉圈子

不過既然機會難得，我就舉一個例子說明CD生產是多麼不簡單。CD磁片表面有許多微小的凹凸，做成可以用雷射光照射以讀取信號的結構，這凹凸的大小幅度大約〇・五micron（微米）。而且這些排成一列列，列與列之間的寬幅是一・六micron。也就是說：

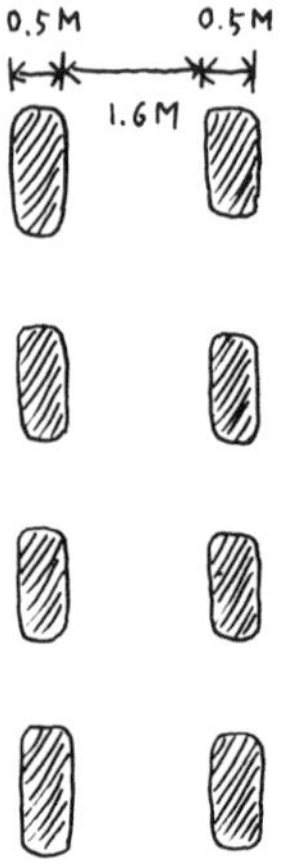

這種感覺。可是所謂micron這單位很難理解，爲了便於理解，讓我們把它放大一千倍看看。於是凹凸的幅度就大約變成〇・五公釐。因爲磁碟寬度是十二公分所以這也放大一千倍就是一二〇公尺。說到一二〇公尺大約等於棒球場從本壘到外野圍牆的距離。〇・五公釐說來只有細小沙粒那麼大而已。所以從比例來說就是雷射光束正逐一讀取高速旋轉的棒球場上鋪滿的無數細小沙粒。怎麼樣，很厲害吧？還把這個製造成產品所以簡直是神蹟。厲害吧？

只能說厲害沒有別的話可說了吧？眞是傷腦筋噢。連在設計產品的阿部先生，都說這種事情居然有可能眞是難以相信，所以我當然更無法相信了。因此我和水丸兄和綠小姐這個採訪班就變成「不斷猛點頭三人組」了。好懷念橡皮擦工廠，也好懷念人體標本工廠。

不行，現在要重新振作起來，試著檢查一下這裡的工程。

(1)首先是原盤（或稱基板）的製造。原盤的材料居然是玻璃。爲什麼是用玻璃做的呢，因爲所有的材料中玻璃是最平滑的。

阿部先生：「爲什麼要平滑呢？因爲信號的大小不是只有零點幾 micron 嗎？所以材料的凹凸必須要是那百分之一左右否則分不清楚是信號的凹凸還是材料表面粗糙的凹凸。玻璃買來之後還要在我們這裡磨平。先擦乾淨打光，然後再用刷子一樣的東西磨平，再用超音波洗乾淨。然後在那上面塗上叫作光阻劑 photo resist 的感光材料，照射雷射光紀錄下來。」

說到電機公司用刷子磨平玻璃是很奇怪，不過千分之一 micron 也很驚人。也就是百萬分之一公釐喲。居然有這種事情？

總之這就是原盤。經過雷射刻紋（laser cutting）之後的東西顯像出來就是原盤了。

(2)其次是前製工程（mastering），也就是從原盤製造子、孫、曾孫這樣一直製造下去。製造方法就像敷臉一樣，鍍一層金屬膜，剝下來，負片→正片→負片，以這樣的要領製作master（主片）、mother（母片）、stamper（模片）。

(3)最後進入replication（複製）的階段，也就是磁片的量產工程。從模片把信號轉寫到磁碟上，外面加一層鋁質外套，上面再覆以保護膜。鋁套是爲了反射雷射光束。接著在上面加印標籤就大功告成了，也就是所謂compact disk磁碟完成了。

這裡面大家最小心，而且當成聖地看待的，是進行(1)(2)工程的前製室（mastering room），要進入這裡居然還要再洗一次air shower。不過這裡通常是不讓一般參觀者進入的，所以也不能抱怨。舉起雙手，團團轉幾圈，啪搭啪搭拍一拍……好像立刻已經非常習慣了噢。好像「一、二、三、四」體操一樣相當愉快。

如果問爲什麼要再一次進入air shower室的話，因爲這前製室，是清潔度一百的。所謂清潔度一百就是一立方呎（三〇公分×三〇公分×三〇公分）中粒徑〇・五micron以上的灰塵不可以超過一百個以上，你大概會想這種事情眞的會知道嗎？不過確實知道。有檢查這個的機器，只要清潔度超過一百時就會發出：「嗶嗶，清潔度已超過一百」的警告聲。所以不得不好好再洗一次空氣浴。

順便一提，工廠中除了前製室之外清潔度是一千（灰塵量是十倍喲），踏出工廠一步清潔度就一舉跳升到兩、三百萬。聽這麼一說，我不禁大吃一驚「原來我們是活在這麼骯髒的世界呀！」眞不可思議。

村上：「我們居然活在這麼骯髒的世界啊，水丸兄。」

水丸：「唉，我本來就這麼懷疑的，呵呵呵。」（※這對話是創作的）

就這樣，眞是可怕啊。不過聽說清潔度一百時，忍不住想朝對面的山谷大叫一聲「呀呵！」所謂前製室就是這樣一個地方。更用心的是前製室的氣壓設定得比工廠其他地方要高出幾分。那當然啦，好不容易把空氣弄清潔了，如果從別的地方吹進一點隙風來的話就沒有任何意義了。所以氣壓便設定成風經常從複製室往外界吹。說來這也是理所當然，不過他們的細心用心不禁讓我們這些外行人感到心服口服敬佩不已。

雖然說是參觀前製室，但是因爲作業全部都在玻璃隔牆裡進行的，我們只能像看熊貓一般隔著玻璃睜大眼睛盯著看。在實際的作業上清潔度一百其實不純物還太多。我以前看過約翰屈伏塔主演的電影，有一個爲了不被細菌感染而一輩子活在玻璃密室裡的青年，完全像那樣。在玻璃密室裡，有一個和我們一樣穿著無塵服的男人，正獨自默默地處理著原盤。也許不應該這樣說，不過看起來好像有點哀愁的光景。雖然我現在正用CD一面聽著馬勒的四號交響曲一面寫這原稿，不過一想起爲了製造這CD而關在那前製室玻璃屋裡那個人的身影時，心裡不禁有點難過起來。人們爲了保持千分之一micron的精密度，所付出的努力眞是遠遠超出我們的想像。跟那比起來，我在句讀推敲上所付出的努力，眞是差得遠了。不得不反省反省。

——這房間是不是只能讓一個人進去？

東：（磁碟研發室室長）「對，正是這樣。我也不能進去。他們要把在這裡刻紋完成的原盤顯像出來。在這裡清潔度非常嚴格，只能進去一個人。裡面看得出紅紅的是光的過濾，把紫外線阻隔掉。感光材料會對紫外線感光，日光燈含有若干紫外線，所以在玻璃上加過濾光膜。」

——那麼，我想問一個奇怪的問題，做這種工作，是不是不可以出去一下，上個洗手間之類的？身上穿著無塵服，而且還必須再進去空氣浴室一次吧。

東：「哈哈哈，是啊。要事先注意避免這樣。」

事情就是這樣。雖然還有更多很厲害的地方，不過如果不在這一帶停筆的話，可能會一直猛說厲害！厲害！一句話到底。

只是有一件事很奇怪，我在盯著看貼標籤的機器時，機器不知道爲什麼好像畏縮起來似的，竟然忘記在一片磁片上壓標籤了。我對別人的失敗是會立刻看出來的，因此對東先生說：「有一片忘記壓了噢」，於是東先生臉色一沉，「噢，是嗎？這種事情到目前爲止從來沒發生過。」非常失望。不過這種事如果完全沒有的話，這邊也快窒息了。「啊，失敗了，哈哈。」事情這樣就帶過的話，世界總算稍微明朗一點。斤斤計較千分之一micron地壓著標籤偶爾失敗一次，不是很好嗎？還有產品的最終檢查是由人的眼睛進行的也相當令人欣慰。「嗯，人的眼睛還算相當好噢。」（東先生）說著不禁笑起來。老是喊著高科技、高科技的，不過畢竟還是留有一點人性化的部分。不過以我來說，我忽然覺得這種人的肌膚溫暖還是值得珍惜的。因爲所謂音樂的聲音，畢竟不是只有說明書就能夠完全表達出來的。所以我在夜晚悠閒地喝著酒時，現在依然只能聽黑膠唱片的聲音。

最後我要對音響迷說一句話。其實可以做出數位錄音帶和可錄音CD的，松下電器立刻

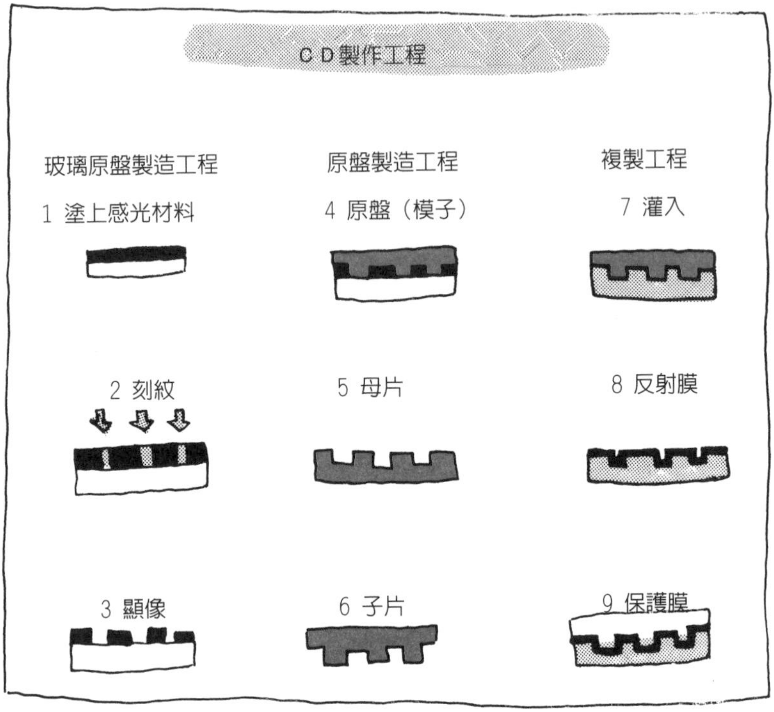
ＣＤ製作工程
玻璃原盤製造工程
原盤製造工程
複製工程
1 塗上感光材料
4 原盤（模子）
7 灌入
2 刻紋
5 母片
8 反射膜
3 顯像
6 子片
9 保護膜

就是這樣子

好像很複雜的樣子

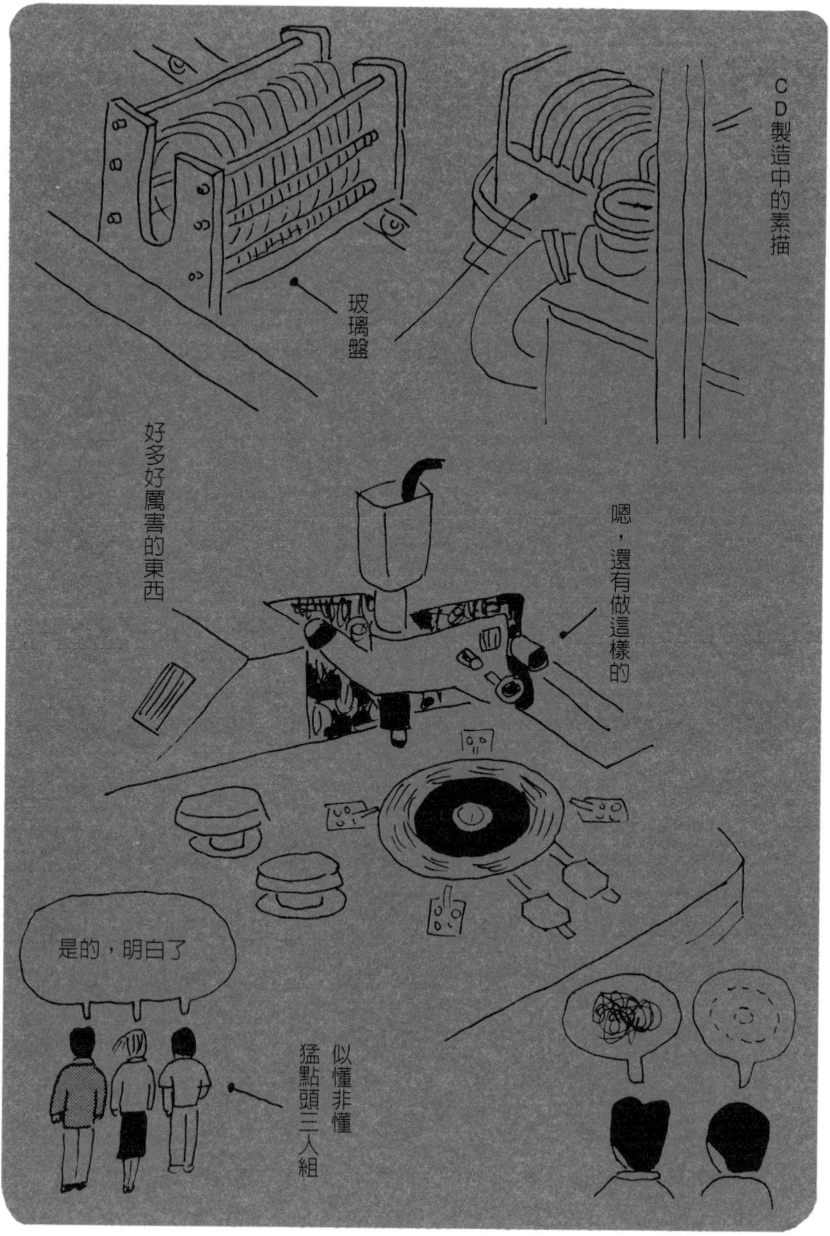
CD製造中的素描
玻璃盤
好多好厲害的東西
嗯，還有做這樣的
是的，明白了
似懂非懂
猛點頭三人組

就可以作成商品的，可是據說因爲拷貝的聲音太好了，會涉及著作權問題，不能立刻開始銷售。這個倒可以理解，只是這種東西對使用者來說，眞希望能早一刻開始銷售。總之音響產品的未來，往後可能還大有可爲。光說以前好令人懷念似乎不太應該的樣子。

徹底明亮的福音製造工廠

愛德蘭絲

參觀工廠之前爲了事先獲得一些預備知識，於是我先到新宿的愛德蘭絲（ADERANS）總公司採訪，聽過很多人的說明，不過當時我所感覺到的只是「這跟什麼很像」的模糊印象，卻想不起到底跟什麼很像。到底像什麼？像什麼？我一直繼續想，過了一段時間之後，才終於想到。說來也很奇怪，眞的竟然跟韓戰時有關洗腦的電影情景一模一樣。

情節是這樣的。在朝鮮前線被中國軍方俘虜的美國士兵集體逃亡回來，被重新編入新的部隊。但其中有幾個人已經被洗過腦，他們把情報洩漏給敵方，擾亂後方，把自己部隊中正在進行重要任務的士兵一個接一個地殺掉。可是因爲大家都穿著相同的美軍制服，所以無法判斷到底誰是犯人……。這是我很久以前看的不怎麼樣的電影，也一直沒有想起過，可是因爲到愛德蘭絲總公司去，這記憶才忽然醒過來，然後就那樣很奇怪地活生生固定下來揮之不去。

那原因——跟韓戰的洗腦放在一起我覺得很過意不去——就是假髮。在那之前還沒怎麼樣，可是當愛德蘭絲的職員說到：「我們公司的基本方針，說起來……」，突然說：「其實，我也是……」於是就在我眼前開始撕拉撕拉地把頭上的頭髮剝下來，這樣經過幾次之後（其實是按扣式的因此聲音是啪吱啪吱的，不過爲了文章表現方便起見而用撕拉撕拉的），我無論如何都會被那部電影的記憶——麥卡錫式的惡夢——所捕捉（譯注：第二次世界大戰後，美國參議員麥卡錫〔J. R. McCarthy〕以過度激烈的手段檢舉調查親共份子，通稱麥卡錫主義〔McCarthyism〕）。

我想愛德蘭絲公司的職員，不用說頭髮都是黑漆漆的。在工廠這邊我很高興只看到一個人頭髮略薄，其他全體員工都是頭髮茂盛的。當然其中有幾個人（四分之一？三分之一？）正使用著愛德蘭絲，不過看不出來。這個人是不是？這樣想時結果卻是眞髮，這個大概不是吧？這樣安心時卻聽說：「不，其實我也是……」結果是→撕拉撕拉的，我一面採訪著很多人一面覺得好緊張（其實據說愛德蘭絲公司職員八百八十人中愛德蘭絲的使用者有六十三人。職員的平均年齡輕也有關係，竟然出乎意料之外的少）。

雖然在看過幾個人的例子之後，最後會輕微感覺得出「這個人有點像戴假髮」，但這是因爲在愛德蘭絲公司裡非常注意地觀察之下才說得出來的，如果平常在一般場合遇到而不經意地聊著天時，我想應該看不出來。絕對不是在爲公司宣傳，這假髮產品眞的做得很好。

假髮這東西是非常特異的商品，愛德蘭絲的廣告負責人這樣說。怎麼個特異法呢？就是「完全沒有靠口碑」。比方絕對不會有人到處跟朋友宣傳說：「我的這個，是假髮噢，你看，撕拉撕拉……看不出來吧？做得很好噢。」戴著做得很好的假髮的人大多會保密，就算周圍有頭髮稀薄的人也不會去勸別人說：「你去戴×××，××××的假髮做得很好噢」。只會一直保持沉默。「像這樣沒有橫向發展的商品，幾乎找不到其他的例子。」負責人這麼說，不過經他這麼一提，我也覺得確實是這樣。

因爲是這種極其敏感的市場，所以員工在對待顧客時都格外小心。愛德蘭絲公司的員工對嚴重禿頭的人都絕口不提「禿頭」。只用「頭髮稀薄的客人」的用語。他們是這樣被訓練的。可是在相談室竟然也有大方用「禿頭」這字眼的顧問。於是我問：「禿頭這字眼，在公司內部不是禁止使用嗎？」對方說：「開玩笑。禿頭不管用任何字眼稱呼還是禿頭。當然，看顧客不同而有不同的對應法，這樣放不開的在意反而不行。如果在意的人，即使戴了假髮，也會在意自己是戴假髮的這回事。」

原來如此，很有道理，眞厲害，我正這樣想著時，這位顧問也斷然說出：「其實，我也是……」撕拉撕拉的人。被實際禿頭的人說：「禿頭就是禿頭，我就是禿頭啊」時，覺得很有說服力，不由得讚嘆起來。我忽然想起以前，在美國搭計程車時黑人司機朝著衝到車前的黑人小鬼吼道：「嘿，黑仔！滾蛋！黑仔！」所謂歧視用語，我在工作上也會注意盡量少用，不過眞的看不出來。

說到愛德蘭絲在新宿的總公司是位於目拔通的十層樓氣派大樓裡，但並不顯眼，我以前好幾次經過這棟大樓前，卻完全沒注意到這就是愛德蘭絲的辦公大樓。招牌很小，入口也狹窄而安靜，最醒目的一樓卻刻意租給別的企業。自家公司辦公大樓的一樓租給別人，這種公司實在少見，不過想一想這樣倒也合乎經濟。

想要戴愛德蘭絲的「頭髮稀薄而敏感的顧客」，走進這靜悄悄的門口（現在連賓館入口都比這堂堂正正），搭電梯上四樓的相談室。也有直接到顧客家裡拜訪接受洽詢的外勤服務。洽詢當然是在單獨的房間一對一進行的。相談室大約有六疊榻榻米大，正中央有一張大大的不銹鋼辦公桌，對面坐著穿白衣的顧問。右邊牆上掛著大面的鏡子，上面掛著「階段式增毛法」

的照片說明圖板。愛德蘭絲月曆這個月的彩色圖片好像是兼六園，或某個長有茂盛草皮的庭園照片。左側毛玻璃窗似乎和隔壁大樓的牆壁緊貼著，完全沒有光線照進來。顧問背後可以看見鐵櫃。怎麼善意來看都不能算是令人有好印象的房間。格局大約介於四谷警察署的調查室和平塚車站站長室的中間。

——對不起，我想這樣問也許很失禮，不過請問爲什麼相談室不弄得稍微豪華一點呢？比方擺有沙發、播放著背景音樂，有水晶玻璃菸灰缸組……。還是故意弄成這樣辦公室裝潢的？

顧問長井先生說：「不，沒這回事。只是太高級的話不是比較不好談話嗎？」

——哦，那麼，來這裡的客人，以年齡來說大約幾歲的最多？

長井：「嗯，三十幾歲的最多，以年輕的順序來看，首先是二十歲出頭，通常年輕禿頭是從二十二、三歲開始的。以這個時期來說，大體上自己的朋友都還不會怎麼樣。沒有人頭髮稀薄的。於是他就自己一個人悶悶不樂獨自煩惱，爲什麼只有自己頭髮這麼稀薄呢。而且他很擔心人家會提到頭髮的事而惴惴不安畏縮內向，變得哪裡都不想出去。」

——這種心情我可以瞭解，很黯淡對嗎？

長井：「很黯淡。這是第一階段。第二階段是適婚期。從二十幾歲後半到三十幾歲前半，家裡人再三催促他快點結婚、快點結婚。於是相親。可是才在看照片的階段就被拒絕了。你說是嗎？誰會主動喜歡跟頭髮稀薄的男人結婚的？所謂第一印象，終究還是從容貌來看的。所以爲了讓對方至少願意先見個面，總之也需要做一頂假髮。」

——好像在欺騙對方嘛？

負責廣告的鈴木先生說：「不過總之先見了面再說。見了面談過話才能產生感情，然後就算知道其實頭髮是稀薄的，說不定覺得這個人還不錯……實際上，是有這種可能。其中也有人一直不告訴對方說自己戴假髮，甚至結婚五年了戴假髮的事還對太太保密。」

——五年?!

鈴木：「我們也不太相信。這種事情，生活在一起總該會知道的。或許太太也知道只是假裝不知道而已。」（※如果是這樣的話，眞是相當偉大的太太。）

長井：「有人因此而順利結了婚。其次有人是到了三十五至四十之後才做假髮的。這又是爲什麼呢？爲了孩子。自己覺得已經到了這個年紀，工作已經有信心，沒有什麼可恥的。可是孩子長大了，學校有所謂父母參觀日。孩子會說：『我不要爸爸到學校來』，因爲頭髮稀薄。被老婆數落禿頭還無所謂，可是作爸爸的被孩子嫌卻非常難過。那麼，至少到孩子小學畢業以前先將就著戴假髮吧，有這樣的爸爸到這裡來的。」

——嗯，戴假髮的契機是爲了父母參觀日倒很令人意外。事情眞有各種原因啊。

長井：「最後是爲了享受第二個人生的假髮。從五十五歲到六十歲年紀的爸爸。孩子已經長大結婚了。以前都爲了孩子付出一切，今後可要爲自己打扮漂亮了。這種人平常是不戴的。只有在旅行，或這類特別的時間才戴，也就是所謂的週末假髮。」

——週末假髮……。

長井：「這些是顧客的大致類型。簡單說，就是年紀越大，對禿頭的煩惱會變得越無所謂。這是當然的。最可憐的是被火燒傷的人。例如三歲時被炒菜鍋的油燙傷，頭變禿而且有傷疤。有個二十三歲的女孩就是這樣。對這些人最需要的是，在戴假髮之前要先作精神上的輔導。告訴他們要把自己是被害者的意識捨棄，說你並不是悲劇的主角，之類的。告訴他們說如果自己站在相反的立場，比方站在母親的立場的話會怎麼做？」

據長井先生說，洽詢過的人有百分之八十會「洽談成功」，決定要訂做愛德蘭絲。長井先生在這一行是已經有七年資歷的老經驗了，他說：「我跟三千人談過」。洽談的最大目的是消

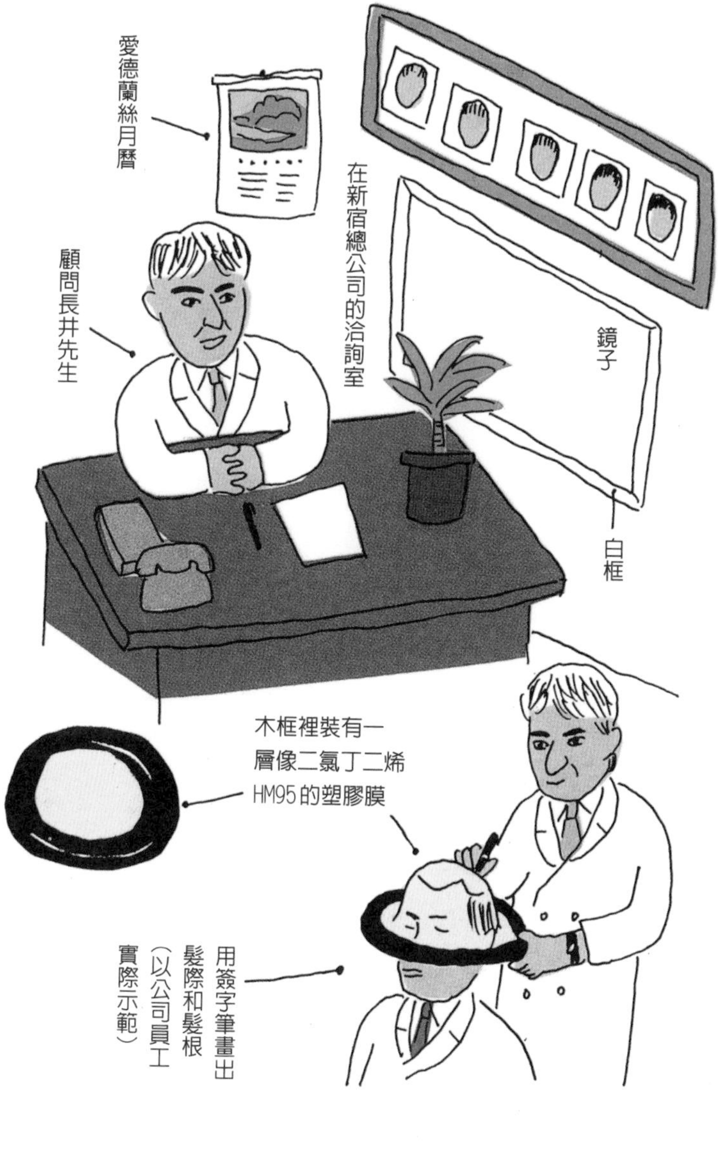
愛德蘭絲月曆
在新宿總公司的洽詢室
顧問長井先生
鏡子
白框
木框裡裝有一
層像二氯丁二烯
HM95的塑膠膜
用簽字筆畫出
髮際和髮根
（以公司員工
實際示範）

除戴假髮的罪惡感、抗拒感。戴假髮並不是在欺騙別人，而是爲了自己，是爲了提升自我意識的作法，讓「對頭髮稀薄敏感的顧客」認同這個觀念。這種設想周到的對應可能也是愛德蘭絲成功的原因之一吧。鼓勵、安慰、責備、說服。

說到設想周到，愛德蘭絲總公司的地下室設有十間掛有簾子的單獨理容室，讓使用愛德蘭絲的人在這裡摘下假髮，由專門處理頭髮稀薄的理容師定期把他們長長的頭髮修剪短。據說：「當然哪你想對嗎？到一般的理髮廳去，好啦把假髮一脫，叫人家幫你剪頭髮不是很不好意思嗎？」經他這麼一提確實是這樣。在讓人家幫你剪頭髮之間，愛德蘭絲假髮則在另一個房間由專門的人洗髮整理。爲了不要聽到隔壁房間的談話聲音，BGM（背景音樂）的音量也稍微提高。比喻雖然不好，不過就像以前的情侶隔間喫茶店一樣。費用和街上一般的理髮廳差不多。這種專門的理容室在全國各地都有，也兼作使用者的洽詢顧問服務。換句話說愛德蘭絲這公司不但賣假髮，而且是從賣出的這個時點開始作生意的，這方面的戰略也很強悍——這種說法或許有點嚴厲——或者該說設想周到。假髮的壽命約四、五年，禿髮也會繼續惡化，需要有接續備分的假髮。所以只要緊緊抓住使用者，幾年之後就確實又能賣出新商品。總公司電腦上緊緊掌握有全國幾十萬顧客的資料。就這樣說了出來雖然很抱歉，不過這眞的

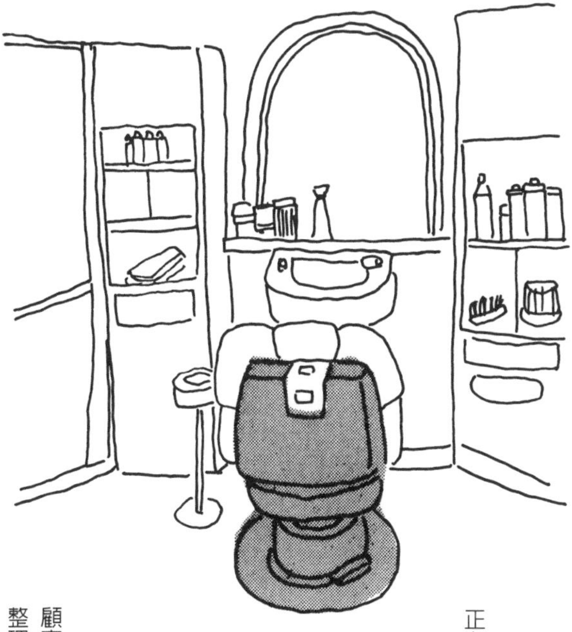

設在新宿總公司裡的愛德蘭絲專用理容室
（用簾子個別隔開的單獨隔間）

正在修剪假髮的理容師

顧客資料表
整理得井然有序

是前途光明的大市場。隨著社會壓力的增加，禿頭人數也跟歐美一樣逐漸增加，一旦禿頭以後，原來烏黑茂密的頭髮就不可能復活了，而且社會上男人以容貌取人的傾向正逐漸增強。從擴大內需的貢獻度來說，這家公司似乎應該獲得政府表揚才對。

那麼，言歸正傳，在相談室和顧問談了很多之後說：「明白了，那麼請幫我做一頂」的人，於是在那裡做頭的模型。做頭型的器具叫作fitter，形狀像網球拍一樣的木框上貼有一層叫作二氯丁二烯HM95像塑膠的膜，像圖上畫的那樣（二一一頁）把那往頭上用力一壓，等模型成型之後用簽字筆在上面畫出髮旋和髮際的位置，從上面噴以冷卻噴膠讓它凝固變硬，再喀啦一聲剝下來。說得快一點，就像是頭部的密閉面罩一樣的東西，感覺很超現實。我雖然沒有請他們爲我實際做一個那樣的頭型，不過我想自己的頭如果被做出這樣精密的模子，感覺一定很不可思議。我忽然想到如果有用麻醉藥讓年輕女孩失去知覺，再用這fitter做出她的頭型，畫上髮旋咻咻地噴上冷卻噴膠逃走，並在房間裡擺出幾百個這種頭型而沾沾自喜的變態性犯罪者的話，大概很有意思，不過不可能有這種人吧。

這種頭型、顧客資料和原來的毛髮樣本是用來製造假髮的整套東西，這些會被送到工廠去。從做頭型到產品完成要花大約一個月時間。顧客在這一個月之間一面惴惴不安地想著：

愛德蘭絲工藝中條新工廠正面風景（占地十三萬平方公尺）

「不知道做出來會是什麼樣子？」一面等待，據說其中也有因為訂做了假髮而放下心來，結果竟然長出頭髮的圓型脫毛症者，這種事情倒是令人感到高興。

那麼，我們就在這裡告別公司移到工廠去了，不過先休息一下披露幾點有關禿頭的雜學。畢竟愛德蘭絲這家公司是有關禿頭雜學、資料、統計特多的地方，光從這次的採訪幾乎就夠讓我寫出一本書了。

(1)日本估計頭髮稀薄人口約七五〇萬人（三年前的調查是六四〇萬人）。假髮使用者約五〇萬人。愛德蘭絲使用者二八萬人。

(2)現在大家最希望他能戴假髮的名人是中曾根康弘先生。順便一提，據說也有在任內戴過假髮的總理大臣。

(3)大學生中使用者最多的是日大，其次是早稻田（話雖如此但這可能是因為學生總人數多吧）。職業別以媒體工作者較醒目，這正如您所知是因為生活亂來又沒想什麼好事的關係。運動方面相撲選手來洽詢的比較多。

(4)五分頭、小平頭的假髮非常難做。

(5)愛德蘭絲也做陰毛的假毛，不過這主要是為畢業旅行用的。不做模子。不做鬍子、胸毛的假毛。

【工廠】

正確說，公司方面是「愛德蘭絲株式會社」、工廠則是「愛德蘭絲工藝株式會社」各別分開的組織。工廠在新瀉縣中條町，占地十三萬平方公尺，相當於約四萬坪，非常大的空間，裡面甚至有巨大的體育館、文化設施、卡拉OK廳之類的設施。作業員有四百人出頭。是我目前爲止所採訪過的工廠中最豪華最寬闊而清潔的工廠。生意一定很賺錢，立刻就想到人家的財力方面去，不過絕不只是這樣，中條町爲了引進企業投資而便宜地提供了土地。以地方政府來說，只要工廠肯來投資就可以增加地方稅收，也可以防止人口過度外流，作業員大多是年輕女孩，所以農家子弟的結婚對象問題得到解決。以工廠來說由於跟地方密切接觸可以得到優質勞動力（新瀉的女孩子一般來說，擅長孜孜不倦很有耐心而勤勞地做精細手工。要是湘南地區大概沒辦法），就這樣萬事可喜可賀。當然因爲我只參觀了一天而已，所以並不太瞭解詳細內情，不過看起來，員工教育和福利似乎也都做得不錯，好像是個相當好待的工作職場。

總之愛德蘭絲是一個凡事都很強調明朗印象的公司，工廠也所到之處都亮麗明朗。牆壁是純白的，照明是明亮的，窗戶是寬大的。不只是走廊，連牆壁、天花板都是玻璃做的，所以夏天即使開冷氣都熱得很。當然我覺得明亮一點固然很好，不過做到這個程度也未免太過分了。一定是董事長天生喜歡明亮的東西，於是一聲令下：「嗯，嘿，不管怎麼樣，總之你給我做個明亮的工廠。這樣，嘩，亮光光的。」便做成這樣了。這種喜歡明亮東西的傾向，你看愛德蘭絲的電視廣告也可以推察出來。佈告欄上還貼著員工抱怨的意見：「上次午餐的炸雞肉太少了」，這種作法也開明得很妙。可以鮮活地想像年輕女孩子在寬大的員工餐廳一面吵吵嚷嚷的一面吃午餐（還免費）的光景。「討厭，這炸雞，肉好少噢！」「對呀，騙人！」「惠子，投書吧，妳的字比較漂亮。」「什麼，要我寫？胡說！」這樣，我喜歡這個樣子。

原毛處理室

原毛處理室裡排滿了一束束的黑髮。長的有超過一公尺的，這些全部都是從中國進口的。日本女人的頭髮大多因為燙髮、吹髮，或洗髮精而過度受傷，不能用來做假髮。這點中

在正門大廳接受頭髮測試
還可以啦
真週到
從愛德蘭絲各分店送來的頭型
在像北越軍頭盔般的地方用簽字筆畫出禿頭部分和髮際等各種指定
首先觀摩的是正在染髮的地方

國女人的頭髮所受的傷害比較少，而且據說中國某些地方的習俗，女孩子到了結婚時會把長髮剪下來賣，所以也有比較容易得到貨源的優點。價格是祕密，不過長髮好像是十萬圓左右。

原毛在這裡把cuticle（頭髮的角質）除去、脫色、加以衛生處理。由兩個年輕男工把頭髮放進淺盤裡，泡藥水，唰唰地脫色。脫色後的頭髮變成生成色，接著再把這染成幾個等級的黑色。染好的頭髮，送到下一個地方做選別工程。

排在架子上的原毛本來是深深滲有各種女人不同思想和生活的，可是經過處理後的頭髮卻已經變成單純只是假髮的原料了。不過女人剪下來的頭髮，仔細看起來還眞有點可怕啊。我以前也曾經收到過一個女孩子剛剪下來的長髮……嗯，算了，不提也罷。

人工皮膚製作室

這裡排著一排排的fitter頭型。也就是前面說過的白色頭型，從全國的愛德蘭絲分公司送到這裡來。像北越軍隊的頭盔上用簽字筆寫著禿頭的部分、髮旋、髮際、分髮線的位置和人工皮膚該覆蓋到的地方，假髮和眞髮銜接固定的夾子（作用和女孩子的髮夾一樣的東西）位置，那旁邊則用膠帶貼著裝在塑膠袋裡客人自己的眞毛樣品。還寫著比方像澀谷分公司・渡邊昇（假名）這樣的名字。並指定要C色，這是把膚色用ABCD分成四個等級，表示請把人工皮膚做成其中的C色的意思。不過這樣看來這個世界眞是有各種形狀和大小的頭啊。

那麼，這下子要從這北越軍的頭盔裡把顧客的頭型再現出來，因此把石膏倒進頭型裡作模子，這石膏模要花一天時間來乾燥。等一天乾燥後於是喀啦一聲拔出來，把這用廚房用的保鮮膜似的東西蓋起來，在這上面塗上urethane（氨基甲酸乙酯）的溶劑。然後在這上面覆蓋尼龍網，上面再塗urethane。

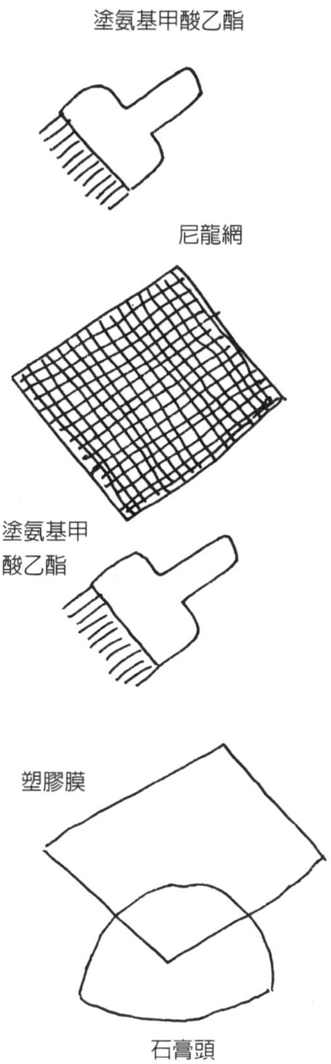

順序就是這樣。塗這urethane是用輸送帶方式的coating machine（塗敷加工機器）重複做六次，繼續從乾燥→塗敷→乾燥→塗敷……這樣子，所以也很花時間。塗敷工程約一小時半，最後的乾燥則要花八小時。說到八小時也就是今天所做的東西在夜晚之間充分晾乾。完成的覆膜厚度約〇．二公釐。

——不過這樣一個一個頭型看起來，頭的形狀眞是凹凹凸凸的噢。

工廠的須貝先生說：「是啊，並不是完全左右對稱的。嚴重的人還扁扁的，而且還歪歪的。」

——有頭髮的時候還不知道，不過頭髮一沒了時，你會覺得人的頭說起來眞是非常脆弱啊。對了，這人工皮膚通風嗎？

須貝：「風是吹不過的，不過倒有透濕性。不會氣悶。然後這內側印有商品編號、接受訂做的年月日、分公司編號以及顧客的名字縮寫。要是搞錯了，交給不對的客人可就傷腦筋了。」

——那當然傷腦筋哪。不過這邊有綠色的人工皮膚，這是怎麼回事？美人魚或什麼的嗎……？

排成整排的石膏頭
人的頭居然有好多不同的型
從下面的頭型做出的石膏頭
在這頭型裡注入石膏
人工皮膚耐久測試
上下拉著
猛拉
好痛啊

須貝：「不，這是在植入白髮時不容易看，所以先暫時加上綠色。其次有人覺得綠色比較容易做，也讓她們先用綠色來做。」

是啊，當然嘛，美人魚不可能來做愛德蘭絲假髮的。到這裡爲止的工程都在這個中條工廠進行，接下來的植毛屬於手工，光在日本實在做不完，因此也送到韓國、中國的工廠去。比例上來說日本、韓國、中國（青島），大約各三分之一左右。

這個工廠也有研究室，在這裡作各種製品的研究和實驗。例如用機器把人工皮膚夾起來從兩邊拉扯，測試看看加重到幾公斤時會撕裂，簡直就像西班牙宗教審判一樣殘酷的實驗。被拉扯的人工皮膚正「啊、啊……拜託、不要」地痛苦哀號著。

村上：「水丸兄，你滿喜歡這種東西吧？」

水丸：「眞討厭，村上老弟最近怎麼搞的？呵呵呵。」

窗外也有人工皮膚正在曬太陽，接受耐久測試。簡直像卡斯達將軍虐殺後的光景一般。研究者稱這個爲「曝露測試」，說來還眞是大膽的稱呼法啊。

整髮室

在原毛處理室經過脫色、殺菌、染色後的頭髮被送到這裡來，加以混合調配後，用一個巨大如劍山般的東西梳理。年輕的男工握著髮根的地方，就像脫穀一樣的唰拉唰拉地用劍山梳理好幾次。原先乾燥後變得乾乾的頭髮經過這麼一梳理之後會再度恢復柔軟潤澤。換句話說就是諺語所謂的頭髮要經常梳一百次的道理。

經過劍山梳理時會有相當數量的頭髮掉落在地上。我這個人大概是窮慣了，看著心裡不免要想：「好可惜喲」，可是工廠的人卻不太在意。說是：「這本來就會掉的，要一一去撿起來再分類整理反而費工夫」，不過如果讓頭髮稀薄的人看到這種情形，我想一定會忍不住心疼嘆氣吧。在這裡把不同色澤和硬度的頭髮分別適度做一番調整搭配之後，就把頭髮和人工皮膚一起送到植毛室去，終於要開始製作假髮了。

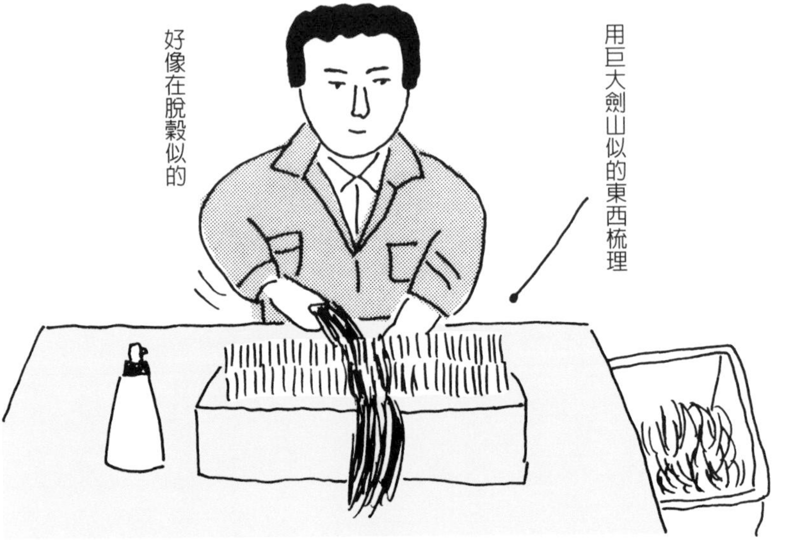

植毛室

現在終於進入今天的主要地方，植毛室了。所謂的植毛室簡直就像飛機倉庫一樣巨大的房間，裡面有兩百個左右的女工桌子並排地排排坐著，正在把毛髮縫進人工皮膚裡去。這種房間在別的地方還有好幾間。普通女工穿著略帶淺藍色的白衣戴著髮套，班長穿略帶粉紅色的白衣。一班二〇名的編制，由其中最資深的一位當班長，坐在上方獨立的桌子負責整體的作業管理。這樣說雖然有點那個，不過感覺就像文藝雜誌的總編輯一樣。總之在寬大的房間裡，一眼望去每個角落看來青一色全都是女的。

村上：「水丸兄，你不是滿喜歡這樣的地方嗎？」

水丸：「你又來了，村上老弟，呵呵呵。」

室內靜悄悄的，BGM正在小聲播放著演歌，不過是不是經常都這麼安靜，我就不得而知了。因爲我覺得年輕女孩子兩、三百人湊在一起，一整天做著精細的手工，不可能一直保持安安靜靜的吧。平常說不定會：

「上次我跟他一起去開車兜風的時候，他居然要把我帶進汽車旅館去，於是我一火大就用扳手把他的鎖骨給敲碎了……」

「當然哪，要是我的話，就把我家的牛牽出來教訓他一頓……」

這樣熱熱鬧鬧地談著，只是今天因爲有從東京來的小說家和插畫家來參觀，所以班長警告大家要保持安靜也說不定。如果是這樣的話，那就眞過意不去了。

「哼，什麼嘛，以爲自己當班長就了不起！」

「就是嘛，眞討厭，哼！」

話雖這麼說，其實教水丸兄和我植毛方法的班長是一位相當漂亮的女孩，教法也非常親切。只是我的手指卻非常笨。

班長：「你看噢，針不是這樣尖尖的嘛，就是用這個來植毛的，拿法要這樣子，頭髮用自己左手的大拇指和食指拿著，這樣做出一個圓圈，從這邊這樣子繞過來。然後針順著毛的流向直角插進去。針腳大約〇・四公釐再挑起來，然後，一根從上面這樣穿進圓圈裡繞一圈……」

村上：「……。我好像不行，水丸兄你來吧。」

水丸：「好啊。」

水丸兄以前曾經自豪地誇口道，他曾經自己縫洋裝送給女朋友過（實在眞厲害），他手很靈巧，試了幾次後就學會訣竅了。

水丸：「眞有意思。好想再多做一些。」

村上：「怎麼樣？你乾脆一直留在這裡做好了！」

總之就是這樣頭髮用針一根一根地縫進人工皮膚裡去，這要反覆做三萬次、五萬次才能完成一件成品，所以我只要想像一下頭就開始痛起來了。何況因頭的不同部位還要分成六種縫法組合著縫才行，這簡直是非常麻煩的作業。光這點就讓我對新瀉的女性肅然起敬了。

——這種工作某種程度要先練習才會做吧？

班長：「對，有三個月的練習期間，然後才能轉到這裡來。」

——一天可以做多少？

班長：「六〇到八〇平方公分左右吧。」

水丸：「這個好有意思噢。」

——水丸兄做得不肯放手了。對了，到目前為止有人完全學不會這種技術的嗎？

班長：「沒有，這個倒沒有。大家都分別能適應……。有的人手快一點，有的人手慢一點，我們會依照個人的情形分配不同的產品，適度做調節讓交貨能來得及。」

班長根據上面交下來的工作卡畫出植入的圖形，把這分發給班員，負責掌握作業的進展。據說班長不僅在工作上，同時也在班員的私生活上提供商量意見，所以相當辛苦。好像說：「友子，妳用扳手把人家的鎖骨敲斷未免太過分了吧。」或者：「不，雅子，妳也不可以讓牛去教訓人家啊。」這樣子。

——BGM在播放演歌，平常一直都是這樣嗎？

須貝：「不，上午播流行歌曲，到了十一點則播外國搖滾樂，三點才開始播演歌，這是

研究室有八大信條這似乎是愛德蘭絲研究開發的行動指標

- Progressive（進取的）
- International（國際化的）
- Intelligent（知性化的）
- Sensible（感性化）
- Speedy（機敏）
- Flexbible（柔軟）
- Fair（公正）
- Honest（誠實）

各種植毛方法

記號	名稱	特徵
	V植	毛髮直立最自然的植毛法
	pansingle	一根倒下一根直立的植毛法
	single	二根毛倒下的植毛法
	single pansingle	讓毛髮產生量感
	double Single	全產品使用
	pandouble	使用於前髮部

這裡要這樣子
噢，好的
於是我就做了起來
嗯，有道理
你做得非常好
這個好有意思
兩百人左右的女工桌子並排一列列排開坐
唰唰
背景音樂正播放著演歌

固定的。因爲大家喜好各有不同嘛。」

在我向班長提出種種無聊問題的時候，女工都低著頭默默地工作著。連一聲打噴嚏的聲音都聽不見。其實我很想大聲披露有關一隻牛跟一個賣皮鞋的業務員在橋上相遇……之類的奇怪笑話，讓大家哈哈哈哄堂大笑一番的，不過心想妨礙人家工作也不好才作罷。不過就算這樣也眞安靜啊。簡直有一點像督學來視察時的小學教室一樣。雖然如此，每個女工的桌上還是分別裝飾著一些小飾品，感覺果然是年輕女孩子啊。她們對自己的椅墊子花樣相當用心，這也很可愛。

村上：「水丸兄，差不多要到下一個地方了。」

水丸：「噢，這個一做起來簡直沒完沒了，要走了嗎？好吧。」

整理室

在這裡把植毛完成的人工皮膚從裡面再加一層套裡，把植好的毛髮牢牢固定，最後爲了增進通風效果而用機器打上兩千到三千個直徑〇・五公釐的小洞。然後用洗髮精清洗、潤絲、用烘乾機吹乾。再對照訂單所指定的條件做品質檢驗。在海外植毛的產品也都送回這裡來做品質檢驗。檢驗過的產品都在這裡簡單地吹一吹風，不過這個階段的假髮還全都是所謂散亂髮。就像出現在早期電視劇「三傻大將」裡少爺頭男人一樣的髮型。這些分別送回預訂的分店之後，才在愛德蘭絲專門理容室一面依照每個顧客的指定再修剪、梳理，在那裡完成一切。

因爲是這麼麻煩費工的作業，所以從訂做後需要等一個月的時間也是沒辦法的。價格方面簡單的一頂二十萬，由疏到密細細分成五個階段增毛法的要八十萬左右（昭和六十一年，即一九八六年的現在），要認爲這樣是貴或便宜就看各人了。價格依毛量和面積而有別，混有白髮的調配起來很麻煩，所以要加白髮費。其次就像前面說過的那樣，產品壽命大約是四、五年。我們外界的人這樣說也許會惹人厭，不過頭髮少的人好像相當花錢，眞是辛苦。

根據愛德蘭絲的人說禿頭的原因百分之七十是遺傳的，不管怎麼努力都沒有用。該禿的時候就是會禿。本人完全沒有責任。所以就像眼睛不好要戴眼鏡，牙齒掉了要裝假牙一樣，禿頭只要戴假髮就行了——愛德蘭絲的廣告負責人這樣說。或許不久之後世間會變成這樣，

洗髮、潤髮用吹風機吹整
在整理室

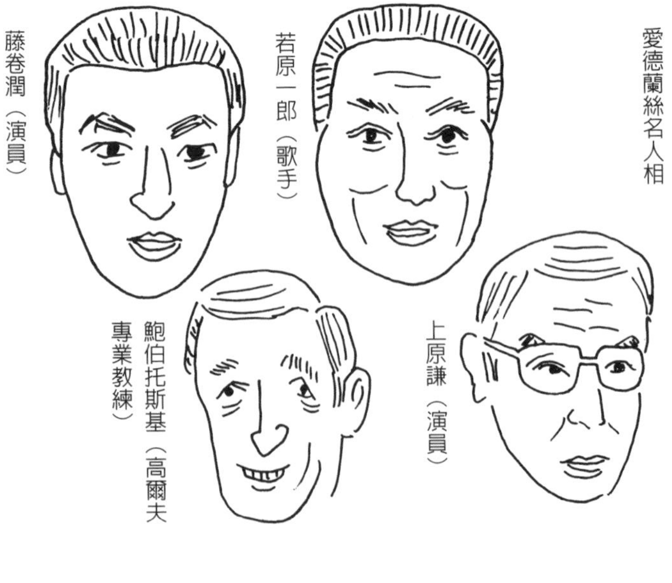
愛德蘭絲名人相
若原一郎（歌手）
藤卷潤（演員）
上原謙（演員）
鮑伯托斯基（高爾夫專業教練）

到時候愛德蘭絲這家公司也許就會越來越大，不過這樣一來是不是世上戴假髮的人都能當著別人的面說：「其實，我是……」撕拉撕拉毫不抗拒地大方摘下假髮嗎？我想還是有點困難吧。愛德蘭絲成功的祕密是對「敏感的頭髮稀薄顧客」要小心翼翼地對待他們的敏感，這一點不管愛德蘭絲裝得多明朗，我想這種企業和顧客間的關係，本質上可能永遠都不會改變。

所以愛德蘭絲的工廠沒有任何企業祕密。他們說「不管您看什麼、寫什麼都沒有關係」。「我們所謂的企業祕密簡單說也就是對使用者設想周到無微不至的服務動員力，這是其他公司所無法模仿的。」

在回程的新幹線車上，我又一直在想這家企業很像什麼。對了，就像新興宗教團體一樣。清潔而強有力，擁有堅強的方針，而且明朗，以人們的煩惱為糧食繼續發展成長。而且正如上原謙、若原一郎、藤卷潤、保羅安卡之類的改宗者，像基督的十二門徒一樣在電視上傳播著愛德蘭絲的福音。人們因各種不同的原因而遭遇不幸，也可以因各種不同的原因而得到幸福。

後記

安西水丸

一九八三年十二月，我和村上春樹兄兩個人出了一本叫作《象工場的HAPPY END》的書。

「工廠這東西還眞有意思啊。」

「眞想出一本關於工廠的書看看。」

不知道什麼時候開始，我們好像談過這樣的事情。

而在一九八六年一月，我們終於開始去參觀工廠了。

說到這裡，話題再轉回我的過去。

我在像這樣當一個自由插畫家之前，曾經在廣告公司和出版社做過設計工作。在廣告公司的時代，作過電器廠商和釀酒廠商的廣告。爲了製作廣告我常常到這些工廠去參觀。在後來服務過的出版社工作時，參觀的工廠就更多了。爲什麼呢，因爲我在爲兒童看的圖鑑做版面設計。

牛奶糖工廠、罐頭工廠、砂糖工廠、劇場的組織結構、造船工廠，要舉例下去眞是不勝枚舉。在牛奶糖工廠，駱駝色的牛奶糖有整塊榻榻米大，用輸送帶輸送。在罐頭工廠切成一片片的鯨魚，同樣也是用輸送帶輸送。這些光景我總是一面一個步驟接一個步驟地走著，一面用小筆記本記下來、素描下來。換句話說，我在這層意義上，並非不能稱爲觀摩工廠的專家。這樣的我跟村上春樹同行，所以眞是不簡單。

首先參觀的是在京都伏見製造人體模型的工廠。一月將近尾聲的日子，天空灰沉沉的，好像立刻就要下雪的天氣。參觀完在回程的路上，陣雨濡濕了計程車窗。或許因爲當天參觀的是人體模型工廠也有關係吧，變成好像心情灰黯的一天。因此，塗在模型上的鮮豔色彩，到現在還清晰地浮現在腦海裡。

第二次參觀的，是在北松戶的結婚會場玉姬殿。時間是愚人節的前一天。得到的許可是在愚人節前一天似乎可以理解，也許不用我多說，我想愚人節對結婚會場來說可能是稍微有空的時候吧。

第三次參觀的是在奈良縣大和郡山市的玉兔牌橡皮擦工廠，四月接近尾聲的時候。櫻樹的葉子一片柔軟嫩綠正迎風搖曳。在往工廠的途中從車窗裡看得見男孩節的鯉魚布旗，感覺非常優閒。工廠裡，大量堆積著像擀麵皮那樣的橡皮擦，在我所參觀過的工廠中，這家最具有工廠氣氛。

季節進入雨季，六月二十二日，我們的工廠觀摩也進入第四次了。這次是到盛岡的小岩井農場，我們一大早就從上野車站搭上東北新幹線的列車。

一心盼望著不要下雨，也許是平常素行良好吧，幸虧老天爺幫忙。簡直像回到五月一般清爽的藍天，小岩井農場的觀摩因而非常愉快。（譯注：日本六月爲梅雨季）

到了七月。

這次參觀的，是Comme des Garçons服裝的縫製工廠。地點在東京都江東區的某個地方。老闆宮下先生的爲人讓我們覺得非常溫暖。露台上栽種的蕃茄顏色看起來也非常美味。這家工廠讓我想起很像小時候我偷溜進去的姊姊房間。

七月三十日是非常熱的一天。或許這一天是日本那年最熱的一天。我和村上春樹約好在新大阪見面，這次要去參觀松下電器的CD工廠。

我對機械一竅不通，什麼都不懂。我配合著村上春樹點著頭（正確說是慢一拍），在點著頭之間觀摩已經結束了。

最後參觀的是愛德蘭絲的假髮工廠，我們到新瀉縣中條町的工廠去。中條町是非常清潔漂亮的地方，工廠也被一片美麗的風景所包圍。八月底，參觀完畢後，我們在工廠六樓的Tea Room喝著咖啡時，窗外是一片火紅的晚霞。天空正要從夏天變成秋天的天空。而我們的工廠觀摩也全部結束了。

老實說，我在這次的工廠觀摩中，覺得好像學到非常多東西。同時並覺得好像有各種複雜的情緒紛紛湧上來糾纏不清似的。我希望能藉完成的這本書，來好好的理清這些。

不管怎麼樣，每家工廠都參觀得非常愉快。感謝各工廠的先生小姐們。祝福各位的工廠順利發展。

工廠觀摩素描

結婚會場（1986.3.31）

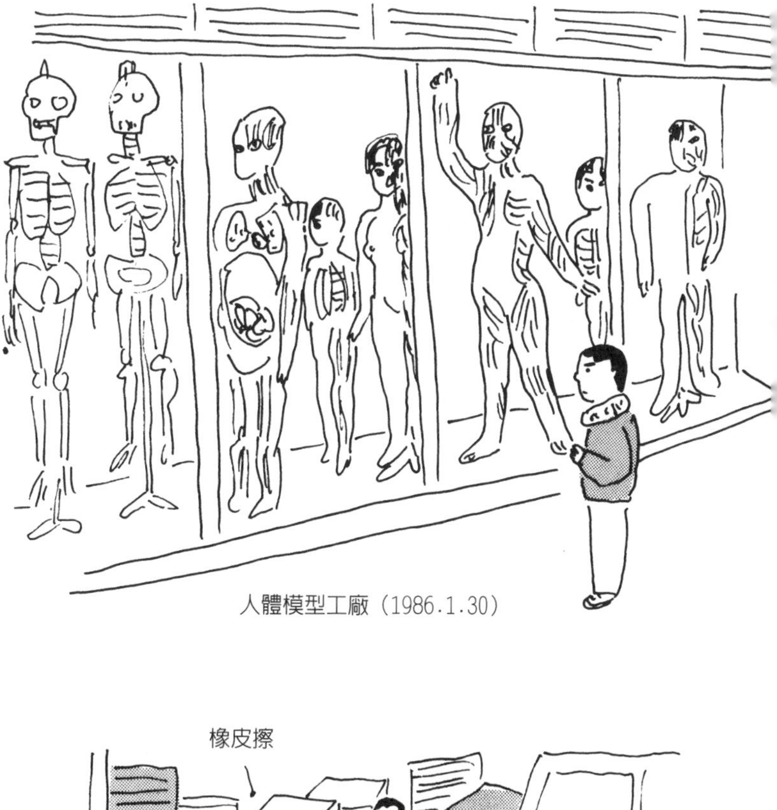

人體模型工廠（1986.1.30）

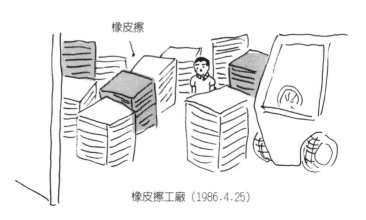

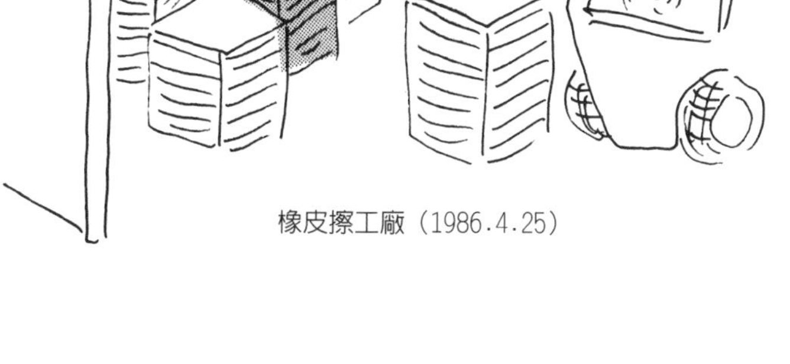

橡皮擦工廠（1986.4.25）

小岩井農場（1986.6.22）

在小岩井農場裡牛山先生的競選海報前

跟牛說話的村上春樹

鄉土才藝歡迎會

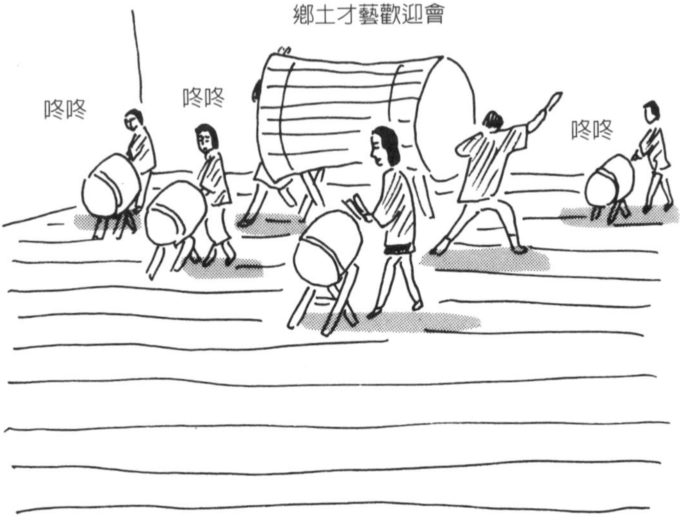
咚咚
咚咚
咚咚

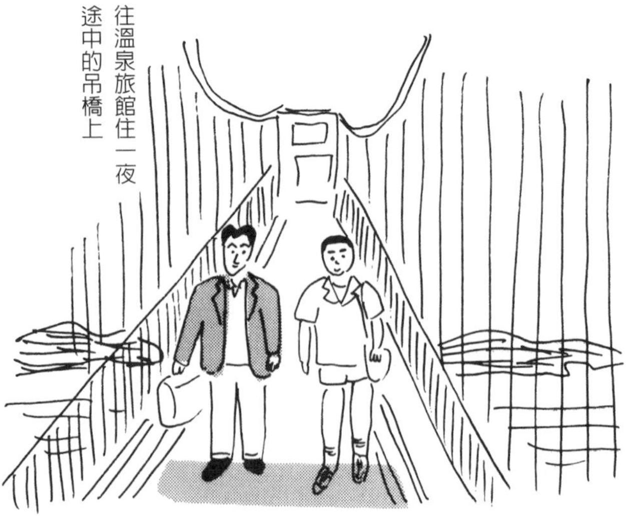
往溫泉旅館住一夜
途中的吊橋上

假髮工廠（1986.8.20）

造訪和村上春樹有關的地方村上市
在村上新聞社前（其實村上市和村上春樹
沒有任何關係）

沒有人影
的日本海
好寂寞

觀摩過假髮
工廠後到
新潟笹川
附近的
海邊玩

藍小說 928

日出國的工場

作　者—村上春樹
繪　者—安西水丸
譯　者—賴明珠
主　編—葉美瑤
編　輯—邱淑鈴
美術編輯—鍾佩伶
校　對—張致斌、陳嫺若
總編輯—余宜芳
董事長—趙政岷
出版者—時報文化出版企業股份有限公司
108019台北市和平西路三段二四〇號三樓
發行專線—（〇二）二三〇六—六八四二
讀者服務專線—〇八〇〇—二三一—七〇五
（〇二）二三〇四—七一〇三
讀者服務傳真—（〇二）二三〇四—六八五八
郵撥—一九三四四七二四時報文化出版公司
信箱—一〇八九九台北華江橋郵局第九九信箱
時報悅讀網—http://www.readingtimes.com.tw
電子郵件信箱—liter@readingtimes.com.tw
法律顧問—理律法律事務所　陳長文律師、李念祖律師
印　刷—勁達印刷有限公司
初版一刷—二〇〇一年四月二十三日
初版九刷—二〇二四年九月十一日
定　價—新台幣二三〇元

時報文化出版公司成立於一九七五年，
並於一九九九年股票上櫃公開發行，於二〇〇八年脫離中時集團非屬旺中，
以「尊重智慧與創意的文化事業」為信念。

ISBN 957-13-3366-2
ISBN 978-957-13-3366-3
Printed in Taiwan

國家圖書館出版品預行編目資料

日出國的工場 / 村上春樹, 安西水丸著；賴明珠譯. -- 初版. -- 臺北市：時報文化, 2001 [民90]
面；　　公分. --（藍小說；928）

ISBN 957-13-3366-2（平裝）
ISBN 978-957-13-3366-3（平裝）

861.6　　　　90005278

編號：AI 0928	書名：日出國的工場
姓名：	性別：________ 1.男 2.女
出生日期： 年 月 日	身份證字號：

________ **學歷：**1.小學 2.國 中 3.高中 4.大專 5.研究所（含以上）

________ **職業：**1.學生 2.公務（含軍警） 3.家管 4.服務 5.金融
6.製造 7.資訊 8.大眾傳播 9.自由業 10.農漁牧
11.退休 12.其他

地址：__________縣(市)__________鄉鎮區__________村__________里
______鄰__________路(街)______段______巷______弄______號______樓

郵遞區號 ______________

（下列資料請以數字填在每題前之空格處）

________ **您從哪裡得知本書／**
1.書店 2.報紙廣告 3.報紙專欄 4.雜誌廣告 5.親友介紹
6.DM廣告傳單 7.其他 ________

________ **您希望我們爲您出版哪一類的作品／**
1.長篇小說 2.中、短篇小說 3.詩 4.戲劇 5.其他 ________

您對本書的意見／
________ 內 容／1.滿意 2.尚可 3.應改進
________ 編 輯／1.滿意 2.尚可 3.應改進
________ 封面設計／1.滿意 2.尚可 3.應改進
________ 校 對／1.滿意 2.尚可 3.應改進
________ 翻 譯／1.滿意 2.尚可 3.應改進
________ 定 價／1.偏低 2.適中 3.偏高

您的建議／

請沿虛線摺下裝訂，謝謝！

廣告回郵
台北郵局登記證
台北廣字2218號

時報出版
CHINA TIMES PUBLISHING COMPANY
尊重智慧與創意的文化事業

地址：10803台北市和平西路三段240號3樓
讀者服務專線：0800-231-705・(02)2304-7103
讀者服務傳真：(02)2304-6858
郵撥：19344724 時報出版公司

請寄回這張服務卡（免貼郵票），您可以——

●隨時收到最新消息。
●參加專為您設計的各項回饋優惠活動。

寄回本卡，掌握藍小說系列的最新訊息

揮發感性筆觸：捕捉流行語調—淡藍的、海藍的、灰藍的……

藍小說

無限馳騁藍色想像空間——無國界的小說新地帶。